想要
守护书
的猫

[日] 夏川草介 著

李诺 译

本を守ろうとする
猫の話

湖南文艺出版社
HUNAN LITERATURE AND ART PUBLISHING HOUSE

博集天卷
CS-BOOKY

好好读书

目录 Contents

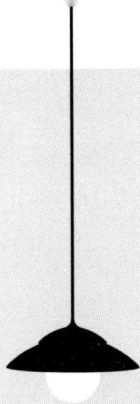

—— 序章 ——

事情的开端

不管怎么说，祖父已经不在了。

虽然开篇就提这样的事有些唐突，但它已经成了事实。

所谓事实，就如同每天早上太阳升起，每到中午肚子会饿一样，是人力无法左右的事情。就算把眼睛闭上，耳朵堵上，装作什么事都没发生，祖父也不会回来。面对如此残酷的现实，夏木林太郎从头到尾只是沉默地站在一旁。

在旁人看来他是如此冷静的一位少年。毫无疑问，前来参加葬礼的人中甚至有人觉得他是怪异的。因为，林太郎作为一个突然失去家人的高中生，表现得太过安静了。在葬礼的角落里，他一动不动抬头望着祖父的遗像，甚至让人感到有种不可思议的氛围。

这并不意味着林太郎原本就是这样一位沉着冷静的少年。从他的角度来看，只不过没能很好地把安静且总是散发出某种远离世俗的超然气息的祖父和"死"这个不熟悉的概念结合在一起罢了。

祖父面对一成不变、单调的日常生活，既不嫌弃也不厌倦，过得十分悠然自得。所以，即使是死神也不会那么容易介入祖父的生活吧。这对林太郎而言，是再自然不过的想法了。而他看着没了呼吸、就那样躺着的祖父，感觉就像在远远地望着一出简陋的戏剧或舞台演出似的。

实际上，白棺中祖父的模样和平时没有任何不同，想到这一点，他忽然像什么事都没发生过一般，一边喃喃自语地说"我看看啊……"，一边想起用煤油炉烧水的祖父的身影，和再到平时泡红茶的那些动作，都毫无违和感地、不由自主地浮现在他的脑海中。尽管这一切现在都不由得回想了起来，但事实并非如此。

不管等了多久祖父都没有睁开眼睛，自然也没有伸手去拿他总是用的红茶杯。祖父依然保持着静静的并且有几分肃穆的样子躺在棺中。

灵堂中幽幽地回响着引人入睡的诵经声，断断续续来来往往的悼念者，时而有人走去向林太郎搭话。

不管怎么说，祖父已经不在了。

这一事实逐渐在林太郎的胸口埋下了它的根。

夏木林太郎，是一名平凡的高中生。

个子不高，戴着厚眼镜，肤色白皙，不爱说话，缺乏运动细胞，没有特别擅长的学科，没有喜爱的运动，是一名极其普通的高中生。

他年幼时父母离婚，而母亲又早早地离开了人世，所以快要上小学时他被接到了祖父家，此后一直同祖父生活。他的遭遇，说他是一名平凡的高中生，似乎又有些与众不同。然而对他本人而言，这也不过是自己毫不起眼的日常生活中的一道风景罢了。

但当祖父去世的时候，一切都变得有些艰难。

不管怎么说，祖父的死是突然的。

在一个气温骤降的严冬清晨，厨房里不见平时早起的祖父的身影，正觉得有些奇怪的林太郎往昏暗的日式房间里一看，祖父躺在被子里，呼吸已经停止了。没有任何痛苦的样子，像一尊雕像般沉睡着，从附近赶来的医生判断，应该是突发性心肌梗死，来不及感受任何痛苦就离世了。

医生说："这是大往生[1]。"

"来往"的"往"字加上"生命"的"生"字，"往生"真是一个不可思议的词——林太郎会产生如此不顾场合的感慨，也许正是因为他内心受到了相当大的冲击。

医生似乎也读懂了林太郎所面临的困境，没过多久，不知从哪里来的说是自己婶婶的亲戚便赶了过来。

从死亡诊断书的手续到葬礼等一系列仪式，这位面目和善的妇人都利落老练地替林太郎办好了。

在一旁看着这一切的林太郎，虽说心头没什么实感，但也想过自己是不是应该露出更为悲伤的表情。但是，不管怎么想都觉得在遗像面前泪流满面的自己很不自然。滑稽而且虚假。棺材中的祖父一定会淡淡地苦笑着说："别那样。"

---

[1] 大往生：安然死去，没有痛苦。

所以自始至终林太郎都安静地送走了祖父。

送走祖父之后，他眼前还剩下担心地望着他的姊姊以及这家店。

虽说这不是负债，但这家店的价值也称不上遗产。

这家"夏木书店"，是街道角落里的一家小小的旧书店。

"夏木，这里果然有很多好书啊！"

林太郎的耳边，传来了一个男子的声音。

林太郎没有转过头，依然望着眼前巨大的书架，仅仅是简短地回了一句："是的。"

眼前高高矗立着的书架，从脚下一直到天花板，陈列着数不清的书籍。

莎士比亚、华兹华斯、大仲马、司汤达、福克纳、海明威、戈尔丁……列举不完的世界文豪著作透露出庄重和威严，从高处俯视着林太郎。无论哪本都是承载岁月的老书，却让人完全不觉得破旧。这多亏了平日里祖父不辞辛劳、从不偷懒地打理。

恰好在脚边的是用了好些年月的煤油炉，红火地燃烧着，火势很旺却没多大用，店里依然寒意逼人。不过林太郎也知道，店里感觉比平时更为寒冷，不单单是因为气温的原因。

"那我就要这本和这本。一共多少钱？"

林太郎轻轻地转向询问他的人，小声地回答道："三千二百日元。"

"真是惊人的记忆力。你还是老样子啊。"

发出苦笑的是和林太郎同一所高中高一年级的前辈秋叶良太。

秋叶个子高挑，眉清目秀，从内而外散发着自信但不张扬，不会让人觉得讨厌。他拥有在篮球部锻炼出来的结实肩膀，外加一颗在年级拔尖的头脑。不仅如此，秋叶的父亲在当地开了家私人医院，他每天要修习的东西堆积成山。与字面意思不差分毫，他和林太郎是两个完全成对比的人。

"这也是今天捡到的宝贝。"

秋叶说着，便堆了五六本书在收银台上。这位可谓文武双全的前辈，还是一个"读书家"，是夏木书店为数不多的常客。

"这儿，果然是家好书店。"

"谢谢你。请随意地慢慢挑选。现在是歇业促销。"

林太郎平淡的语调，让人分不清他是在说真的还是在开玩笑。

一时噤声的秋叶，有所顾虑地说："你祖父的事情，让你很不好受吧。"

秋叶把目光又投向书架，他看上去像在专注地物色书籍，有意无意地继续说道：

"前不久他老人家还坐在那边悠闲地读着书。太突然了。"

"我也这么觉得。"

冰冷的语气，不带一点儿示好，单单是为了接对方的话。秋叶似乎也没太在意，把目光转向了仰望书架的林太郎。

"可是，祖父刚离世，就毅然决然地无理由缺席不来学校，我就不太赞同了。大家都在担心你。"

"你说的大家，指的是谁？我不记得会有那样担心我的朋友。"

"这样啊，话说你基本没什么朋友来着。这样轻松自在，挺好。"

秋叶轻描淡写地表达对林太郎的赞同。

"但是你祖父会担心你的。太担心你，以至于无法成佛了，说不定现在还在这周围飘来飘去。为难老年人可不对啊。"

秋叶的话有些粗糙，但他的声音里不知怎的传出一种温柔的体贴。

或许是与夏木书店有缘，所以这位优秀的前辈对这位动不动就闭门不出的后辈意外地很上心。在学校里也时不时爽朗地和林太郎打招呼，而且在这个困难时期专门跑来书店待着。光这一点就足以证明秋叶在以他的方式关心着林太郎。

秋叶时不时望向一言不发的林太郎，他又接着说道：

"我说你……果然还是要搬家？"

林太郎继续仰望着书架，点了点头："应该是的。婶婶会把我接到她家。"

"在哪里？"

"不知道。别说婶婶家的位置，我连婶婶的面也是第一次见到。"

林太郎淡淡的言语，让人反而难以从中读出他的心境。

秋叶轻轻地耸了耸肩，目光落在手中的书上。

"难怪要歇业促销。"

"就是这么一回事。"

"很难有藏书量这么多的书店了。这个年头还有硬皮精装马塞尔·普鲁斯特全集的书店真是少之又少。我找了很久的《欣悦的灵魂》[1]也是在这里找到的。"

"爷爷听了会很高兴的。"

"要是他老人家还活着，我会让他更高兴。他说我和你是朋友。贵重的书也能轻松入手，我一直很珍惜这个地方。现在却要搬走了吗？"

秋叶说得直截了当，却又能听出他有考虑到林太郎的感受。不过林太郎不会察觉这一切，更不会对此做出回应。他只是目不转睛地凝视着书店的墙壁。

书籍堆砌而成的厚重的高山。

虽说是旧书店，如今能靠这样的藏书经营下去简直让人佩服，全是跟不上潮流的藏书，绝版书也不少。秋叶对书店的评价，不单单是为了安慰林太郎，评价本身也是十分中肯的。

"什么时候搬家？"

"大概一个星期之后的样子。"

---

[1]《欣悦的灵魂》：罗曼·罗兰著作，现译为《母与子》。

"又是'大概'。你还是那么率性而为啊。"

"去想这些也没用。因为我没有选择的权利。"

"可能是吧。"

秋叶又轻轻地耸了耸肩,他把目光投向了收银台旁边贴着的小小的日历。

"下周的话,刚好是圣诞节的时候。你也真不容易。"

"我无所谓。我和前辈不同,没有什么特别的安排。"

"你小子真会说。有那么多事情要安排,你以为我不辛苦吗?偶尔我也想体验一下独自等待圣诞老人的悠闲夜晚是什么滋味啊。"

秋叶自己咯咯地笑起来,而林太郎见了也只是安静地说了一句"这样啊"。秋叶拿他没办法,叹了口气。

"我换作你的话,可能现在也会觉得没有什么非去学校不可的理由。不过俗话说,'鸟从水边离去,不留一丝水纹'。可现在班里还有那么几个担心你的家伙。"

秋叶瞄了一眼收银台上的几张打印的东西和笔记。那是缺席时的"联络簿"。

有一个名叫柚木的同班同学就住在这附近，和林太郎从小学就认识。但她男孩似的爽朗性格，和沉默寡言、"家里蹲"的林太郎并不是特别亲近。

当她来送笔记的时候，看见林太郎在店里呆呆地望着书架，少女毫不避讳地叹了一口气。

"你这个'家里蹲'还挺悠然自得的呢。你真的没事？"

林太郎有些不明白地歪了一下头："什么'没事'？"这位班长眉头一下皱了起来，随即转向旁边的秋叶说："前辈你就这么陪着他玩儿也没关系吗？篮球部的人可都在找你呢。"

面对高年级的秋叶前辈她也不会胆怯，刚说完便转身离开了。

这种大大咧咧的态度，比起假惺惺的关怀和露骨的同情目光来，要让人感觉舒服很多，会不由得让人感叹这还真是柚木的作风。

"你们的班长还是老样子，很有魄力啊。"

"是个特别有责任感的人。送个联络簿罢了，明明不用自己特意跑一趟的。"

也许是因为两人住得近，所以直接来了书店。在这个呼出的气息都会化作白雾的季节里，还不得不绕道跑一趟，对她来说不是什么可高兴的事情吧——林太郎不由得对她感到同情。

"那些一共就算作六千日元吧。"

林太郎站起身告诉秋叶，但秋叶挑起单边的眉毛：

"这个歇业促销怎么一点儿都不便宜啊。"

"已经打九折了，不能再便宜了。因为无论哪部书都是名作呢。"

"夏木可真有你的。"

秋叶一边笑着一边从钱包里拿出纸币。他拿起扔在桌上的围巾和手套，挎上自己的包又说了一句：

"明天记得来学校。"

和平时一样没有一丝保留的爽朗笑容，秋叶走出了书店。

店里忽然安静了。回过神来，格子门的那头被夕阳染红了一片。已是黄昏时分。

在店里的角落，灯油快要燃尽的煤油灯，"呼哧呼哧"地发出抗议般的响声。

差不多该到二楼上面准备晚饭了。本来和祖父两人生活的时候，准备晚饭也是林太郎的活儿，所以也没什么特别的。

但林太郎依然望着门口，一动不动。

夕阳渐渐下沉，煤油灯也燃尽了，店里的寒意渐浓，但林太郎依然呆呆地站在原地。

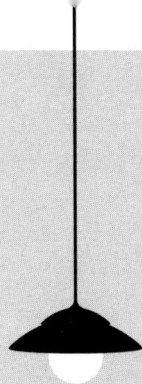

第一章

第一迷宮「囚禁者」

"夏木书店"是藏在老街中的一家小店。

店里的布局有些独特。

从店门口有一条笔直细长的过道，延伸到店里最深处。和天花板一样高的嵌入式书架，矗立于过道两侧，俯视着这条狭长的过道。头顶稀疏地挂着几盏复古的吊灯，反射在打磨光亮的地板上，让店里满是柔和的光线。

在差不多中间的位置，放置了一张收银用的小桌，除此以外没有任何类似装饰的物品。最里面是排列得毫不讲究的木板墙，因此走不通。虽然走不通，但从明亮的店门口走进来，会看起来比实际更深。

有那么一瞬间，会觉得被书本包围的走廊仿佛一直延伸到了无尽的黑暗中。

在书店正中间，一盏小小的吊灯下，安静地翻阅书籍的祖父，如同画技精湛的油画家倾心绘制的一幅简单而不潦草、精致而不烦琐的肖像画。那种独特的阴影，深深地印在了林太郎的脑海里。

"书拥有力量。"

祖父时常把这句话挂在嘴边。

平时寡言少语，也几乎不同孙子讲话的祖父，只有在聊到书的时候会把细细的眼睛眯成缝儿，用热诚的语言讲述。

"穿越了时代的古书，有着与之相对的强大力量。多读一读那些隐藏着力量的故事，就相当于得到了值得信赖的朋友。"

林太郎再一次抬头，望向这些占据了这家狭小店铺的书架。

书架上既没有流行的畅销书，也没有诸如人气漫画、杂志一类的书籍。在这个书本来就不好卖的时代，这样是没办法生存下来的——店里的老顾客这么担心好像不是一两次了。但作为这家店的经营者，身形瘦小的老人只是微微点头以示回应，不管是堆在入口附近的尼采全集还是艾略特诗集，都完全没有要搬走的意思。

祖父所营造出来的空间，对足不出户的孙子来说是宝贵的喘息场所。在学校找不到属于自己的地方的林太郎，在这里翻开一本又一本书，投入并且沉醉其中。

换言之，这里是林太郎的避难所，是有求必应的神仙庙[1]。而林太郎不得不在几天之内离开这家夏木书店。

"爷爷，你太不够意思了。"

这句话不经意地从林太郎的唇间说出，此时林太郎突然听到一阵凛然、冰冷的声音而回过神来。

是店门口挂的银制门铃发出的声音。

挂着门铃是为了告知客人的到来，但夏木书店的门口挂着"闭店"的牌子，不应该有客人才对。况且此时日暮西山，大门外俨然一片夜色。秋叶前辈离开店里应该是方才的事情，但不知不觉时间过去

---

[1] 有求必应的神仙庙：日文"駆け込み寺"。在江户时代，只能由丈夫提出离婚，女性唯一离婚的办法是出家，所以想要离婚的女性会逃进寺庙里。后来泛指遇到困难的时候逃到那里去，便会得到帮助的团体、设施等。

了好久。

"真是阴沉沉的一家店哪。"

听到这个声音，林太郎心里一惊。

回头望向门口，一个人影也没有。

"要这么阴沉下去，难得的藏书也会显得褪色。"

声音应该是从店里的深处传来的。林太郎慌张地回过头，看到的并不是人的身影，而是一只虎斑猫。

是一只混杂着黄色和橘色条纹、个头儿有些大的猫。这个配色，应该是人们通常所说的橘猫。从脸的上半部分到背上是橘猫，但肚皮和脚被纯白色蓬松的绒毛覆盖，很大个儿的猫。它的背后是昏暗的，只有眼睛闪耀着深邃的翡翠色光芒，直勾勾地与林太郎对视着。

橘猫动了动它柔韧的尾巴，林太郎小声地说了一句：

"猫？"

"我是猫有什么不对吗？"

橘猫答道。

没有听错、看错，是一只猫在说"我是猫有什么不对吗"。

林太郎呆住了，不过好在他天生淡定，很快恢复了冷静。他闭上双眼数到三后再睁开眼睛。

　　光亮的三色皮毛，毛茸茸的尾巴，锐利的目光和两个等腰三角形耳朵。毋庸置疑是一只猫。

　　橘猫的胡须微微一动。

　　"你眼神不好使吗，小子？"

　　它用毫不客气的声音说道。

　　"你要这么说也没错……"林太郎有些磕巴地说道。

　　"我视力确实不太好，但眼前有一只说人话的猫这点我还是明白的。"

　　"我是橘色虎斑猫，名字叫虎。"

　　来自橘猫的突然的自我介绍，没有比这更令人难以置信的事情了。尽管如此，林太郎还是先对此进行了回应。

　　"我是夏木林太郎。"

　　"我知道。你是夏木书店的第二代接班人。"

　　"第二代接班人？"

　　对这个生疏的词语，林太郎很是困惑。

"不好意思，我不过是个'家里蹲'罢了。有关书的事情我爷爷很清楚，但他已经不在了。"

"没关系。我就是来找第二代接班人的。"

橘猫用近乎傲慢的语气告知林太郎，它略微眯眼，把目光锁定在林太郎身上。

"我希望你能助我一臂之力。"

一字一句无不让林太郎感到唐突。

"一臂之力？"

"没错。我需要你的帮助。"

"帮助你做什么……"

"有很多书被囚禁在了某个地方。"

"书？"

"你又不是鹦鹉，别像个傻子一样重复我说的话。"

像扇人耳光一般犀利的语言。

林太郎目瞪口呆，猫的语调没有丝毫变化，它继续说道：

"必须要把被囚禁的书解救出来。助我一臂之力。"

翡翠色的双瞳，闪耀着鲜艳的色彩。

林太郎时不时默默地回过头看看这只橘猫，缓慢地抬起右手，扶了扶眼镜的镜框。

这是他陷入思索时的动作。

不知是不是过于疲惫了。

林太郎闭上眼睛，扶着眼镜的边缘，默默地思考。

一定是因为祖父的死和陌生的葬礼而累积了疲劳，所以不知何时睡着了正在做梦。

林太郎一边找着各种理由，一边轻轻地睁开眼，然而眼前悠然地坐着一只橘猫。

这该怎么办才好……

话说这几天不知不觉总是在呆望着书架，都没顾得上读书这个爱好。读到一半的《赣第德》被我搁到哪里去了……林太郎脑海中开始闪过这些无关紧要的事情。

"你听见了吗，第二代？"

耳边再次响起橘猫尖锐的声音，把林太郎从漫无边际的遐想中拉了回来。

"我再说一次。为了解救书，我想借助你的力量。"

"可就算你这么说……"

林太郎搜寻着恰当的措辞："不好意思，我觉得我帮不上忙。刚才我也说过了，我只是一个正在逃避上学的高中生。"

坐在椅子上的林太郎，姑且给予了一个认认真真的回复。橘猫的魄力让他不得不认真地回应。

"这不是问题。关于你是个性格阴沉、足不出户、没什么优点的小毛孩这一点，我非常清楚。但我还是要找你帮忙。"

"你既然知道得这么清楚，那也就用不着专门拜托我了。比我可靠的人比天上的星星还多。"

"这不用你说，我知道。"

"而且爷爷刚走，我现在整个人情绪很低落。"

"这件事我也知道。"

"那为什么还……"

"你喜欢书，我没说错吧？"

橘猫低沉的声音和让人不容分说的魄力，让林太郎不再说些无关紧要的话。虽然它说的话有些不明所以，但它的魄力和威严让林太郎忘记了那些道理。

"书，我自然是喜欢的……"

"那你在犹豫什么？"

橘猫摆出的态度，不管从哪方面来说都比林太郎要坦然许多。

林太郎再次扶了扶眼镜框。

他拼命地以他的方式思索着这一切到底是怎么回事，但想不出一个符合常理的答案。现在的状况，着实让人困惑。

"重要的东西总是让人困惑的，第二代。"

这只猫仿佛能听到林太郎在想什么。

"大部分人类都不曾察觉到这些理所当然的事情，只是过着他们的日子。'事物，不通过心来看，常常是看不见的。最重要的东西是肉眼看不见的。'"

"你真令我吃惊……"

林太郎轻轻地展开眉头。

"没想到我会从猫的口中听到《小王子》的引用。"

"怎么，圣埃克絮佩里不合你的口味吗？"

林太郎在回答的同时，向身旁的书架伸出了手。

"但我觉得《夜航》才是最优秀的。虽然《南方邮航》也很难割舍。"

"很好。"

橘猫笑了。这种悠然的态度让他感到几分怀念，也许是因为不知道哪里与祖父有些相似。但换作祖父的话，并不会如此唠叨。

"你可愿助我一臂之力？"

再次被问及同样问题的林太郎，微微低下头。

"我也可以选择拒绝吗？"

"可以。"

橘猫的回答是迅速的。

"不过，"它用难以捉摸的声音接着说，"我会很失望的。"

林太郎微微苦笑。

突然出现并提出帮忙的要求，还说如果被拒绝的话会失望。不管从哪一点来说都非常不讲理，但却没有给人任何不愉快的感觉，想必是因为橘猫的一言一行毫不做作。

说不出是哪里，但总觉得和祖父有些相似。

林太郎回过头看着橘猫，他说：

"那我该怎么做？"

"你跟我来便是。"

"去哪里？"

"跟我来。"

橘猫随即一转身。

足底悄无声息，但它前进的方向不是一片暮色的门外，而是店里昏暗的深处。

橘猫背对着林太郎一步一步坚定地走着。林太郎踌躇地跟随其后，还没走几步他便感受到某种奇妙的氛围，眼前有些眩晕。

夏木书店的店内很深。但不管再深，毕竟只是街上的一家很小的旧书店，往里走的话很快便会走到尽头的木板墙。

照理说应该会走到尽头，可是这一天却像没有停下前进的脚步似的，一直延续着。

　　夹在厚重的书架之间的小路不断向深处延伸。天花板的复古吊灯也一盏又一盏地连接着彼岸，看不到尽头。书架上摆放的书很明显从中途开始便全部是毫无印象的书籍。也不全是普通装订的现代书籍。从古老的日式装订书籍到牛皮封面加烫金的精美古籍，形成了一条绚烂的书物走廊。

　　"这简直是……"

　　林太郎看得目瞪口呆，嘴里蹦出了这几个字。

　　"怎么，你怕了，第二代?

　　"想逃走的话趁现在。"

　　"我只是很惊讶，什么时候店里的书变得这么多了?"

　　林太郎依然注视着前方，轻声说道，随后目光落向脚边的橘猫，耸了耸肩。

　　"既然有这么多书，我还能愉快地在家待一阵子。看来得跟婶婶说，过几天再搬家了。"

"你的幽默感是真不怎么样，但这份态度是正确的。世上有太多不合理的事情。活在这充满痛苦的世界上，最好的武器既不是道理也不是武力，是幽默。"

橘猫用古代哲学家一般低沉的语调告诫了一番，接着安静地迈出了脚步。

"我们走，第二代。"

被强有力的声音引导着，林太郎慢慢向前走去。

两侧的书架上陈列着不曾见过的厚重的书籍，无止境地延绵向远方。被青白色的光芒包裹的不可思议的通道，一个人和一只猫悄无声息地前进着。

终于，耀眼的光芒渐渐地填满了周围。

明亮的阳光，在风中摇曳的合欢树。

那是纯白的光芒消散的那一刻，最初映入林太郎眼中的景色。

脚边石路因阳光而泛着白，抬头就能看到合欢树的树枝在风中摇动，闪亮耀眼的光的粒子从天而降。在那片光芒下。

"门……"

林太郎把眼睛眯成一条缝儿，轻声地说道。

就在眼前不远处几级石梯上，是气派的瓦顶药医门。抛光得鲜艳明亮的一枚板[1]木门，散发着独特的威严感。门口挂着没有名字的门牌。树木的间隙中时而落下的光粒，如同水滴散落在乌黑的日本瓦上，闪烁而耀眼。

环顾左右，精心打理过的黄褐色筑地塀连成了一排。筑地塀前面看不见一片树叶，漂亮而宽敞的石板路，一直铺到了很远的地方看不见尽头。当然也看不见人的身影。

"我们到了。"

传来的声音，是橘猫在说话。

"这就是我们的目的地。"

"那书是……"

"被关在了这里。"

---

[1] 一枚板：从原木取材制作的一整张木制品。

林太郎再次抬头看了看气派的大门和头顶茂盛的合欢树。这棵巨大树木的枝条上开满了茸毛般的花。

现在分明是十二月。合欢树这时候开花真是奇怪，但之前发生的一连串事情没有一件是符合常理的，门前这些花朵开得正好，现在才来挑它们的毛病也挺奇怪的。林太郎有些牵强地说服了自己。

"真是个大宅子呢。感觉光是门就有我家的书店那么大。"

"无须焦躁，不过是虚张声势罢了。只有门面拿得出手而主房却很寒碜的人，在这世上大有人在。"

"作为一名门面和主房都很寒酸的高中生，光是门面也让人很生羡慕的。"

"你能悠闲地发牢骚，也就只有现在这会儿了。倘若无法把书解救出来，你将永远无法摆脱这迷宫。"

对于这突如其来的警告，林太郎张着嘴不知说什么好。

"……这我可没听你说啊。"

"当然。如果事先告诉了你，你就不会跟我来了。世上有的事情还是不知道的好。"

“这太过分了……”

“哪里过分？郁郁寡欢、满脸呆滞地坐在那儿的你，根本没有什么好失去的东西。”

直截了当的话语，不顾情面地在四周响彻。真是一只心直口快的猫。

头顶是万里无云的晴空，林太郎仰望了片刻咕哝道：

“我不是想虐待动物，但……”他轻轻地推了一下眼镜框，接着说，“我现在很想用全身力气一把掐住你的脖子。”

“有这种气魄，很不错。”

橘猫从容不迫地答道，接着爬上了眼前的石阶。五段阶梯之后便是门口。林太郎慌忙跟上。

“顺便问一下，如果回不去的话，会发生什么事？”

“这个嘛，可能会永远在这连绵的筑地塀前走下去。不过，回不去这种事情还一次都没发生过，所以实际会怎样我也不得而知。”

“这太过分了。”

基本上全程保持呆滞脸的林太郎，站在巨木下的门前，抬头仰望。

“那我应该怎么做？”

"你去和这座宅子的主人聊天。"

"然后呢?"

"对话的最后,只要对方投降就结束了。"

"就只是这样?"

林太郎总算舒展开了眉头。猫用戏谑的语气说:"还有一件事。

"按门铃。"

林太郎按它说的去做了。

门的另一边,来迎接橘猫和林太郎的是一位身着朴素的蓝色和服的美丽女性。

从沉着的举止来看,应该也有不小的年纪了,但实际的年龄却难以推断。她全身散发出某种冰冷的气息,目光落在地上,从眼神里读不出情感。圆形的发髻插着红色发簪,陶瓷般的白皮肤,让人觉得她像是精致的日本人偶。

林太郎感到有些棘手,一来就被对手挫了锐气。

"请问您有何贵干?"

没有起伏的女性的嗓音。

回答她的不是满脸困惑的林太郎，而是猫。

"我们想见你家主人。"

女人毫无生气的瞳孔，转向了脚边的橘猫。

林太郎打了一个寒战，而女人像没发生任何事一般回答道：

"主人十分忙碌。对于突然到来的客人……"

"我们有非常重要的事情。"

橘猫丝毫不怕难为情，盖住了对方的声音。

"而且是非常紧急的事。请帮我们传达。"

"每天有很多客人，因紧急的要事前来寻我家主人。他非常繁忙。电视、广播外加演讲，完全没有闲暇的时间。恕无法接受突然的来访。请择日再来。"

"我们没有那个时间。"

橘猫的声音里透着独特的气魄，对此和服女人停了下来。

"告诉你家主人，这位年轻人有一件与书有关的极其重要的事要告诉他。想必他的态度会有所不同。"

面对橘猫无时无刻不显露出的强硬态度，女人再三沉默，终于开口说"请稍候"。微微鞠躬示意之后，她的身影便消失在了宅邸深处。

林太郎带着惊呆的表情，看向了猫。

"你说谁有一件'极其重要的事'要讲？"

"别在意这些细节。虽说是虚张声势，但借此应对眼下才是紧要的。具体内容等进到里面再想也不迟。"

"可真是……"

林太郎一瞬间欲言又止，吐出了几个字：

"让人安心。"

终于，先前的女人再次出现了，向眼前的一人、一猫低下头。

"二位请进——"门前响起没有起伏的话音。

大门之内，是林太郎不曾见过的大宅院。

走过整齐的石板路，拉开正门玄关的格子门，在宽敞的三合土地面上脱下鞋。从打磨光亮的白木走廊，穿过一侧阳光照射的过道，走过连接两间屋子的通道，往旁边的屋子移动。

从走廊上可以将宽敞的洄游式的日本庭园一览无余，树木间有黄莺啼鸣，修剪过的杜鹃争奇斗艳。这里同样不按季节出牌。

"你之前是不是说了，门徒有其表，正屋会寒酸？"

"那只是举例子。不要说废话。"

对于林太郎和橘猫之间的窃窃私语，领路的女人没有发表一句言论。

跟随其后往前走着走着，景色渐渐发生了变化，原以为是纯日式的这座宅院开始展露出奇特的模样。

白木走廊突然和大理石阶梯相连，从中国风的华丽栏杆望过去是宽广的庭院，往下能看到庭院中裸女雕像的豪华喷泉。竹林图案的隔扇前面是装饰着耀眼水晶吊灯的大厅，装饰派艺术风的茶桌上放着彩色的茶壶。

"看得我头疼。"

"同感。"

很难得橘猫坦然地表示了赞同。

"世界上的各种东西只要弄到手，不管什么都放在那儿的感觉。"

"看上去什么都有，但什么都没有。"

猫的回答像禅问答一般。

"没有哲学，没有思想，也没有情趣。外表看上去再丰富，揭开盖子一看，里面不过是把借来的东西东拼西凑。只能说这是贫困至极。"

"我觉得也不至于说得这么过分。"

"事实就是事实。而且是充斥着当今世上、日常中随处可见的事实。"

"这座宅邸，"走在前面的女人委婉地打断了橘猫的话，"这座宅邸的装饰，源自主人丰富的经验和深刻的见解。也许对各位客人而言有些难以理解。"

一瞬间林太郎以为是开玩笑，但女人走在前面，看不见表情。至少从语气中丝毫感受不到开玩笑的明朗语调。

一路上的气氛透露出莫名的紧张感，一行人不断向深处、更深处前进。

回廊、楼梯、房子间的走廊，这走着去的距离实在太不寻常了。在这期间，象牙的雕塑、水墨画、维纳斯雕像和日本刀，装饰品的搭配意味不明，接二连三地映入眼帘。前进的方向开始变得没有规则，在混沌的景色中，完全不知道自己身在何处了。

途中，女人侧过脸问道："您还好吗？"林太郎他们没有选择的余地。

"即使现在叫我们离开，也没有自信能够平安无事地回到出口。"

"别担心，第二代，"橘猫微微抬头看了一眼林太郎，"老夫也没有回得去的自信。"

把一件单纯的事情说得煞有介事的猫。

终于，漫长的旅途迎来了终点。

在铺满红色绒毯的走廊上往前走，女人在尽头的市松模样[1]的隔扇前停下了脚步。

"辛苦二位了。"

女人说道，一只手拉门，另一只手扶着。一只手搭上去的一瞬间隔扇哗啦一声打开了，门内的空间让林太郎不由得睁大了双眼。

墙壁、地板、天花板，不论哪里都是白色的巨大空间。

不单单是这让人分不清远近的配色，房间之宽敞非比寻常。天花

---

[1] 市松模样：一种格子花纹，有两色正方形交互排列形成的花纹。

板仿佛有学校体育馆那么高，背后的墙壁以外的三面墙看不见尽头，所以完全无法想象到底有多大。

填满这白色的巨大空间的是排列整齐的白色展示柜。高出林太郎个头儿、装有玻璃的大展柜，排列了好几十列。就连眼前的这一列展柜，都看不见深处的尽头。

然而，让林太郎尤为震惊的是，不单单是长到不可思议的展柜排列，而且柜子里面摆放的全是书。

展柜分成了好几层，每一层全部是平放的书，一直连到了视野的那一头。无法确定这巨大的书库收纳了多少藏书，但毫无疑问单是视野范围的藏书量，就远远超出了寻常的水准。

"好厉害……"

林太郎沿着镶有玻璃的书柜走着，被眼前的景象震惊而不由得喃喃自语。

里面的书，无论领域还是时代都非常多样化。

文艺、哲学、诗歌、书信、日记等等，各个类别应有尽有。这里的藏书拥有绝对优势的质和量，填满了整个巨大的空间。

而且，无论哪本书都像新书般整洁，没有一丝褶皱。

脑海中想不到除了赞叹以外的任何话语。

"这么厉害的藏书，我还是第一次见到……"

"您的称赞让我倍感荣幸。"

远远地从书架的那头传来了尖厉的声音。

林太郎回到了入口处。"在这里"，循着声音林太郎在书架与书架之间寻觅，数了有十多列的时候，终于找到了坐在白椅上的高个儿男人。

男人身着白色西服，颜色同打磨光亮的地板相差无几。他坐在小巧的转椅上，一条腿搭在另一条腿上，视线落在腿上放着的一本非常大的书上。从男人坐的地方到更里面的架子上没有摆放任何书。也就是说，那里恐怕是这巨大书库的最深处。

"欢迎来到我的书斋。"

男人微微侧过头，看向了林太郎。

温柔的微笑，与之相对的锐利的目光，在他利落的举动中看起来十分协调。

林太郎想起刚才的女人提起的电视和广播的事情。这种工作对眼前的这个人来说应该非常得心应手。

"看上去是个头脑清晰的人，这可……"

"一来就被对方的气魄压倒，真是不成样子。拿出你的姿态。"

打退堂鼓的林太郎，被橘猫堵住了嘴。

男人用锐利的目光打量了一番林太郎和橘猫后说道：

"是你吗，说有'一件与书有关的极其重要的事'要跟我讲？"

"啊，是……"听到林太郎呆滞的回答，男人一瞬间露出了冰冷的目光。

"很抱歉，我本人也很繁忙。所以我可没有那么多时间和一位突然来访却不懂礼节，也不知道自报家门，只知道迷糊地站在那儿的少年悠闲地聊天。"

"对不起，我叫夏木林太郎。"林太郎慌忙地端正了姿势，鞠了一躬，"刚才真是失礼了。"

"原来如此，"男人简短地应答了一声，锐利的目光不减，他微微地眯眼，"那么可以让我听听，你所说的重要的事情是所为何事吗？说到关于书的重要的事情，我也不无兴趣。"

冷不丁切入正题，林太郎无从作答。因为一开始就没有什么重要的事情。林太郎慌张地把目光投向橘猫，它白色的胡须缓缓地挪动了。

"我们来此是为了让你解放所有书的。"

男人从眼睛微眯的缝隙中，俯视着橘猫。

瞳孔深处透露出一种毫无情面的威严。

"如我刚才所说，我本人非常繁忙。电视、广播的演出，外加演讲、写作，要做的事堆积如山。我从百忙之中勉强挤出时间，通读世间的书物。很抱歉，但我没有时间听你的胡言乱语。"男人深深地叹了一口气，刻意将目光转向了手表，"已经浪费了两分钟宝贵的时间。如果没事的话就请回吧。"

"话还没有说完……"

"我刚才也已经说过了。"

看着死咬着不放的橘猫，男人露出不愉快的神情回瞪了一眼。

"我很忙。计划要读的一百本书中还有六十五本没有读，所以请你们回去。"

"一百本？"震惊得不由得开口的是林太郎，"您一年中读一百本书吗？"

"不是一年，是一个月。"

男人用夸张的动作，哗哗地翻动着腿上的那本书，说道：

"正因如此，我分外忙碌。我本想着哪怕能听到一些受益于己的故事也好，于是才让你们进来了。不过我想错了。如果你们还要继续妨碍我的话，我只能用蛮力请你们从这儿出去了。不过从这个房间里面被赶出去以后，你们能不能平安地回到出口，就不是我能知晓的了。"

男人说出最后那句话的语调，让人不寒而栗。

突然陷入了沉默，只有男人哗啦啦地翻动书本发出的干燥的声音在回响。橘猫目露凶光，然而显然对方并不会因此动摇。仿佛已经忘记了访客的事情一般，男人把目光投向了书本。

气氛如同吃闭门羹的冷遇一般，而林太郎的眼睛不知不觉地开始在书架间物色。

陈列的书籍相当丰富多样，换一种说法，只要是书就都在这里。不仅仅是普通的书籍，连杂志、地图、词典这些类别都有，不顾顺序、领域地排列在一起。

夏木书店也有非同小可的藏书量，但总能从中感觉到某种应该说是祖父的哲学的东西。而与之相对，眼前的书架看似整齐，但实际上却很混乱、缺乏真意。

男人哗哗地翻动书页的时候，林太郎静静地问道：

"尼采的书你也全部读过吗？"

林太郎立刻看向了后面的书架。从《查拉图斯特拉如是说》等代表作到《书简集》，玻璃柜中陈列着各种名作。

"我也喜欢尼采。"

"世界上说自己喜欢尼采的人多如牛毛。"

男人如是回答，依然把头埋在书中。

"然而真正读过他的作品之后这么说的人屈指可数。读过只言片语的格言，又或者那些精髓全无的简介，却把尼采像是时下流行的外套一样穿戴。你也是这种？"

"'只知道翻书的学者，最终将会失去思考的能力。不翻开书便什么都不会思考。'"林太郎的话，让男人慢悠悠地从书中抬起了头。林太郎慌张地继续说道，"其实，尼采是个讨人厌的家伙。但也正因如此，我喜欢他。"

男人一动不动地注视着眼前这位没什么把握的对话者。

透着轻蔑和冰冷的眼中，却又闪烁着点滴好奇的光芒。

终于，白色的手合上了腿上的那本很大的书。

"好吧，我就腾出些许时间来吧。"

凝结的空气似乎缓和了一些。

橘猫有些惊讶地看向了林太郎，林太郎完全没有回应的余力。

男人再次转过身来，林太郎一时感受到令人窒息的压力，为了赶走心里的那种想要逃走的心情，林太郎大声地说道："听说你把很多书囚禁了起来，所以我来到了这里。"

"人不能凭借传闻来判断事物。用你自己的眼睛来求证。我只是读了书之后，把每一本读过的书小心翼翼地保管在这里而已。"

"读过的书？这里的书全部是你读过的？"

"当然。"

男人示意林太郎看看整个大厅的空间，他伸出手臂在空中划过。

"从你进来的入口处的书架到我所在的位置，全部的书合计五万七千六百二十二册。这些是到今天为止我读过的书。"

"五万……"

面对哑口无言的林太郎，男人脸上浮现出了浅浅的笑意。

"没有什么好惊讶的。像我这样引领时代的有识之士，需要通过平日里不断阅读大量的书籍，来打磨自身的知识和哲学。换句话说，是这里所罗列的书籍，支撑着现在的我。书，是我重要的搭档。正因如此，我才对莫名其妙前来寻衅的你们，感到非常困扰。"

男人悠闲地跷着长腿，高傲地回看了林太郎一眼。如同要把人吹倒一般，强烈的自负和自信，化作无言的压力袭来。

即便这样林太郎依然站稳了脚步，比起令人窒息的压迫感，纯粹有些困惑。

"但是，把书像这样摆放……"

书架被严密地用玻璃门封住了，把手上有意地挂着锁。

橘猫所说的"书被囚禁了起来"这句话真正的含义林太郎还不太清楚，至少这不是普通的藏书放置方式。虽然美观，但却有些令人窒息。也就是说，这有点儿不正常。

"这不正常。"

男人皱起了眉。

"这些对我来说，是宝贵的书籍。甚至可以说我爱着书。把这样的宝贝存放起来锁上，有什么不正常的呢？"

"但这与其说是书，不如说更像是美术品。用精致的锁锁起来，明明是自己的书，但想要拿出来都不容易。"

"拿出来？为何？这可是读了一次的书。"

面对这个眉头紧锁的男人，林太郎反而困惑起来。

"并不是只读一次就结束了。有时还会再读一次……"

"再读一次？你是傻子吗？"

男人轻蔑地说道，他的声音响遍了整个大厅。

穿白色西服的男人，把修长的手指静静地伸向玻璃。

"看来你什么都没在听？我每天忙着阅读新的书籍。每个月光是达成目标数量就够呛了。我哪有时间重新读一次已经读过的书。"

"再也不会读了？"

"那是当然。"

对于惊愕的林太郎，男人打心底里感到无话可说，左右摇头。

"你的愚蠢是由于你年纪太轻，这是无可奈何的，我只能这么想。这毫无意义的三分钟对话，让我感到绝望。听好了。这世界上的书多如山。有不计其数的作品在过去诞生，而且现在也不断有新作品诞生于世。我可没有闲工夫翻来覆去地读。"

滔滔不绝期间，男人的话语回响在大厅中。林太郎产生了眩晕般令人不适的浮游感。

"世界上被称为'读书家'的人多如牛毛。不过，对站在我的立场的人来说，追求的是读尽可能多的书。比起读一万本书的人，读两万本书的人更有价值。原本就有堆积如山的书要读，反反复复地读同一本书什么的，除了浪费时间什么都不是。"

你明白了吗？——男人眯着眼，露出利剑般怜悯的目光。那是近乎疯狂的压倒一切的自信的光芒。

林太郎一言不发地回看了他一眼。

并非出于畏缩或者恐惧，单纯地因为震惊而不知道说什么。

男人所说的话，不无道理。

一块一块的砖虽然看上去是歪的，但毫无缝隙地排列而成了一面巨大的墙壁。理论是成立的，男人自身也对此胸有成竹，正因如此，才产生出这些毫不动摇的话语。

"书拥有力量。"

这句话是祖父的口头禅。并且眼前的这个男人，也声称是书籍在支撑着自己。就"书籍有强大的力量"这层意思来说，男人所说的话听起来也有几分相同之处。

可是——林太郎思索着，右手扶着眼镜框。

总觉得有什么不同。男人的话中，有歪曲之处。

或许换作祖父的话，面对林太郎的疑问他总是用沉着的声音来回答的吧。

"我很忙。"

男人再次开口了。同时他缓缓地旋转着椅子，这次面向了书架。他翻开了腿上的书，同时伸出右手指向了门口。

"请回。"

林太郎没有找到回答的话语。

橘猫也只是忍受着这沉重的静默。

男人好像对林太郎他们兴趣全无，开始翻起了书。

哗啦，哗啦，干燥的书页翻动的声音在巨大的白色大厅中回响。嘎——传来干瘪的声音，这是入口的白色隔扇打开的声音。门的另一边，和来时不同，看不见领路人的影子。黑暗充斥着门的另一边。林太郎感到一阵让人打寒战的冷气，微微地抖动了下身体。

"快思考，第二代。"

忽然橘猫说道。

"这家伙令人感到棘手，是因为他的话语包含了真实的一面。"

"真实的一面？"

"没错。在这个迷宫之中，真实的力量是最强大的。在其中加之信念的话，无论有多么扭曲都不容易被击败。然而并非全部都是真实的。"

橘猫慢慢地上前一步。

"一定有弱点。这家伙巧妙地堆积辞藻，但并非全部为真，一定有某处是谎言。"

"谎言……？"

忽然空气开始震动，林太郎回头看了看入口。

从漆黑一片的那头刮来一阵风。不对，风在涌入黑暗之中。缓慢流动的风，仿佛要把林太郎他们吸入其中一般，这股势头缓慢但确切。风涌向之处，是不知为何物的虚无的旋涡。冰冷的东西从林太郎背上流过。

林太郎转过头来，男人仿佛什么事都没有发生似的沉浸在书中。难道是因为快读完了吗？那本很大的书，也到了最后的部分。然后读完的书便会作为这混沌的书库里的新的装饰，被收入华丽的玻璃柜中。被锁在书柜中，再也不会被人拿在手中。

原来如此，书的确是被囚禁起来了。

风开始呼啸，橘猫似乎对林太郎说了什么，但林太郎没有作答。只是不断地看着占据了自己视野的数目庞大的书籍。

终于，"谎言的话，的确存在"。林太郎重复了一次，这次他清晰地告知了对方，男人缓缓地转过头看着林太郎。如针扎般的目光，然而林太郎没有退缩："你在说谎。你说你爱着书，但这并非事实。"

"你真会说笑。"男人的反应，有些令人感到不自然的迅速。"年轻人哪，在你惹恼我之前，快带着你那只碍眼的猫给我回去。"

"你根本不爱书。"

林太郎重复了一遍。

男人端坐着对视林太郎，虽然不明显，但他似乎退缩了。

"你的证据是……"

"看了就知道。"

林太郎的声音，意想不到地、强而有力地回响着。连林太郎自己都对此很惊讶，不过他要将他的话自然而然地继续下去。

"这里的书的确数目可观。书的种类之多，涉足领域之广，非比寻常。迄今为止也很难看到的贵重的古籍也有。但仅此而已。"

"仅此而已？"

"比如，这十本《达达尼昂三部曲》。"

林太郎立刻指向右手边书架，上面整齐地罗列着十本装订精美的书。镶金的白色质地，清爽的封面上列出强而有力的标题。大仲马的巨著美美地坐镇于此。

"虽然难得有机会看到集齐的这套书，但这十本几乎没有被打开过。这么大一本书。不管再怎么小心翼翼地去翻阅，也会有折痕。但它却像刚刚才送到一样崭新。"

"对我来说，书可是宝物。每一本我都很爱惜地阅读，把读完的书陈列在这里是我的日常习惯，也是我的乐趣。"

"那为什么没有第十一卷？"

林太郎的话，让男人微微皱起了眉头。

"《达达尼昂三部曲》总共应该有十一卷。这里少了最终卷《永别了，剑啊》。"

男人闭口不言，像雕像般一动不动。

林太郎没有在意，继续说。再次指向了右手边。

"放在那边的罗曼·罗兰的《约翰·克利斯朵夫》看上去集齐了上下卷，但本来加上中卷一共应该有三册。这边的《纳尼亚传奇》也是，没有《能言马与男孩》那一卷。你口口声声说爱书，可这陈列方式真是不上不下。也就是说，看上去什么都凑齐了，但仔细看就会发现这些书架有问题。"

林太郎以淡然的口吻继续着，抬头望了望大厅的天花板。

不知何时风的流动变弱了。

"这些并非是放置心爱书籍的书架，只是为了炫耀到手书籍的展台。"

林太郎思考了片刻后，看向了男人。

"爱书的人，不会这样对待书的。"

林太郎的脑海里，浮现出祖父安静地翻着书页的侧脸。

把宝贝书反复地读，直到书页都磨损，沉浸在物语中满足地微笑的祖父的身影。

祖父非常爱惜书店里的书，但目的并不是用来装饰。祖父创造的并不是华丽而美观的空间，虽然老旧但精心打理，让人不禁想要伸手的书架。

祖父守护着这样的书架，有一次祖父提起的话让林太郎印象非常深刻。

"多读书是好事，但有一件事情，不能搞错了。"林太郎不经意地将这句话说了出来，穿白色西服的男人微微地侧了一下身子，没有回应。令人神经紧绷的沉寂中，林太郎一面回想着，一面说道，"书拥有力量。但那也不过是书的力量，不是你的力量。"

这已经是很久以前的事情了。

那时林太郎动不动就请假不上学，在夏木书店的书架上乱翻一通。对学校感到厌烦的林太郎，把自己关在书的墙壁中，渐渐地对外界失去了兴趣，沉浸在了文字的世界中。看到这样的孙子，沉默寡言的祖父很难得地说了很多。

"只是把书乱读一通的话，并不意味着所见的世界就会变得宽广。不管往头脑里塞再多的知识，如果不用自己的头脑思考，用自己的脚来实践，一切都不过是借来的空虚之物。"一连串难懂的话语让孙子偏了偏脑袋，祖父用安静的目光回看过去，"书不会代替你走过人生的道路。忘记用自己的脚去走路的读书，就像一本因为老旧知识膨胀的百科辞典。如果没有人打开就是毫无作用的古董。"

祖父静静地抚摩着孙子的头，又说道：

"你只是想成为一个什么都知道的人吗？"

对于祖父发出的安静的质问，林太郎不记得自己的回答。

但没过多久林太郎又重新开始上学，这是真的。

从那之后，每当孙子把自己关在书的世界里时，祖父总是悠悠地倾斜茶杯说道：

"读书是好。但读完之后，接下来是用自己的脚走路的时间。"

这也许是笨拙的祖父以他的方式全力引导孙子的话语，林太郎到现在才忽然发觉。

"即便这样，"穿白色西服的男人开口说道，"通过不断累积的书，我才有了现在的地位。书越多，产生的力量越强大。有了这些力量，才有了现在的我。"

"所以你才刻意把书锁起来，仿佛在炫耀书的力量就是你自己的力量一般，对吧？"

"你说什么？"

"自己很了不起——为了让周围的人知道自己读了这么多书，所以专门准备了这么夸张的展柜。"

"你闭嘴！"

男人已经不再悠闲地跷着腿，也不再看腿上的书一眼，用凶狠的目光瞪着林太郎。

"像你这样的毛小子懂什么？"

男人的额头上，不知何时有几颗不起眼的汗珠在闪光。

"比起把一本书读十几遍的人，读十本书的人更容易聚集世间的敬佩。在社会上重要的是，读了很多书这一事实。读过这本书——难道不是这一点在吸引人吗？我说错了吗？"

"你说得对，还是不对，我不知道。因为我说的并不是这样一回事。"

"什么？"

男人似乎有些张皇失措。

"社会在寻求什么？什么样的人会受到敬佩？——我并不是在说这些事。"

"那你在说什么？"

"我说的仅仅是，你不爱书。你爱的只是你自己，而不是书。我刚才应该也说过了。爱书的人，不会这样对待书的。"

寂静再次降临。

男人把手放在腿上的书上，一言不发地呆坐着。刚才看上去那么不可一世的男人，现在看上去渺小了许多。

刚才的微风，现在已经彻底停下，完全静止了。回头一看，敞开的隔扇也不知何时关上了。

"你……"

过了很久，男人想要说什么又立刻闭上了嘴唇，再次沉默了许久之后，似乎终于找到了该说的话。

"你喜欢书？"

林太郎困惑的不是这突然的发问，而是因为穿白色西装的男人投来的目光透着真诚。与之前的冷淡和强硬的态度不同，他的眼睛深处透着思虑、孤独和寂寥。

"即便这样，你也喜欢书？"

即便这样——简短的一句中包含着许多情绪。正因为或多或少地察觉到了这些情绪，林太郎也明确地回答道：

"喜欢。"

"我也是。"

忽然男人的声音听起来十分温柔。戏谑、冷嘲热讽的口吻消失了，甚至听起来有些高尚。

困惑的林太郎，忽然听到风飒飒吹拂的干爽的声音。

环顾四周，巨大的殿堂开始发生变化。

刚才那些彰显威严而林立的巨大展柜，从一角开始如同沙城被风吹走一般，渐渐崩塌。与此同时，陈列在书架上的书，一本又一本如同鸟儿扇动翅膀一般飞走了。

"我也喜欢书呢！"

穿白色西装的男人，把腿上摊开的书静静地合起来，大臂夹着书站了起来。伴随着他的动作，眼前的书架被风吹散崩塌，如同鸟群迁徙一般，无数的书扇动翅膀而去。不知何时，视野逐渐被成群结队启程飞走的书占据。

林太郎茫然地站在原地，男人向他投来安静的视线。

"你还真是一位不饶人的少年。"

"我没……"

男人轻轻地举起右手打住了他的话，微微苦笑着看向了身旁。

"把这么棘手的客人放了进来。"

不知何时，那位身着和服的女人站在男人的身旁。是一开始在宅邸里带路的那位。当时如同能乐面具一般毫无表情，虽然克制但现在露出了微微的笑容。

"不用担心回去的路。没有人带路你们也能回去。"

男人的声音，在书的羽翼声中回响。

已经有不少书架消失在风中了。周围充盈着淡淡的光芒，迁徙的书群连绵成一片，白色的羽翼填满了四周。

男人看了看手表。

"花了不少时间呢。也是过去不曾有过的宝贵时光。我很感谢你。"

男人露出微笑的同时，手中接过了女人递过来的白色帽子。"再见"——男人说罢，戴上帽子缓缓地转过身。

他身旁的女人缓缓地转向林太郎，低头鞠躬的时候，周围全变成了白色的光芒。

第二天早上七点，在内屋的厨房吃完早饭的林太郎，站在书店前打开了门。

打开店里的灯，拉起百叶窗，让店里透透风。外面的空气充满了冬天的味道，吹走了店里沉滞的空气，让人觉得很舒服。略微清扫了一下入口处的石梯，回到店里以后把手里的扫帚换成了掸子，拂去书架上的灰尘。

这一切全部是照着祖父之前的做法来的。

去学校的时候几乎都会看到的那些景象。但实际上自己来做做看，今天还是头一回。林太郎会取书来看，但书店的扫除一次都没有做过。

心里面有个声音在疑惑，我这是在做什么？另一方面，还有个声音笑着说，这又有何妨呢。不管哪个都是林太郎自己的心声。实际上，他也不清楚自己在做什么。不知道自己在做什么的林太郎，沐浴在透亮的朝日下呼出白色的气息。

曾经阴郁地望着书架的自己，为什么突然有了做这些事情的念头？漫无目的地思考着，林太郎的脑海中不断浮现出昨天发生的不可思议的事情。

"你干得很不错，第二代。"

用低沉、粗犷的声音告诉林太郎的是毛色光亮的橘猫。

看到走过书架间狭长的走廊，眯着翡翠色眼睛笑着的橘猫，林太郎露出了奇怪的表情。

"怎么了？"

"我不太习惯被人夸奖。"

"谦虚是好的。但任何事情过了度，就会变成缺点。"

橘猫的回答方式真是奇特。

"你说的话打动了对方，这是毋庸置疑的事实。因此才成功解放了众多的书，并且找到了归路。如果没有你说的那些话，我们现在也无法回来，在那座不知究竟为何物的宅子中，漫无目的地徘徊。"

橘猫用平常的语气讲述着毛骨悚然的事情，翡翠色的眼睛透着浅浅的笑意。

"你干得很好。总之先把第一迷宫成功突破了。"

"多谢你的夸奖。"林太郎刚想这么说，但停顿了一下看了一眼橘猫。

"第一迷宫？"

"没什么，别在意。"

听到这个回答时，林太郎正站在夏木书店的中央。橘猫轻巧地穿过林太郎的脚边，回到书店深处的墙那头。

"等等，就算你说让我别在意，你也太……"

"橘色虎斑猫的虎，我说过。把我的名字给记住。"

猫神情愉悦地笑着，背对着林太郎扭过头。

"很意外，你做得还挺不错的。"

"就算你说这些话来搪塞我……"

林太郎话音刚落，通道融化在白色的光之中。反应过来的时候，林太郎发现自己独自站在冰冷的木板墙旁。

从那之后已经过了一天，林太郎还会像做梦似的回想起当时的情形。

"你干得很不错。"

橘猫低沉的声音，现在也回荡在耳边。

从来没被谁那样坦率地称赞过。已经习惯了被人笑话自己是有气无力、被人说成阴暗而避而远之，像直球一样投过来的话语倒是让林太郎感到有些坐立不安。因为坐立不安，所以林太郎没有继续在昏暗的书店里坐着，而是挥舞起了拂尘的掸子。

大致把店里的扫除做了一遍，忽然门铃响了，林太郎回头看向了门口。窥探着店内、在犹豫要不要进来的身影，是昨天送来联络簿的班长柚木沙夜。

看着呆立在自己面前的林太郎，这位围着红色围巾的女学生皱起了清秀的眉头。

"你在干吗？"

"你这么问我？"

林太郎很是疑惑，仔细想想这应该是他问的问题。

"柚木你倒是为什么一大早就跑来这里？"

"我每天都要参加吹奏乐团的晨练。"

轻轻地举起左手的黑色乐器箱。

"我顺便从这里路过，结果看到本来应该关着的'夏木书店'正开着，有点儿意外所以进来看看。"

柚木嘴中呼出白气，轻轻地跨过门槛，双手叉腰接着说道：

"你既然还有力气从早上开始打扫店里的卫生，也就是说，你今天总算会来学校吧？"

"这倒也不是……"

"没有什么是不是。既然你那么闲就来上学。马上要搬走了所以剩下的课全都不上了，你这态度简直太不端正了。"

"话虽如此。"

林太郎说话总是含含糊糊，柚木见他这样，眼神一下子犀利了起来。

"你这人谁看起来都觉得你特忧郁，作为同班同学我还来给你送联络簿，你好歹也为我考虑考虑吧。我还挺费心的。"

听到这句话，林太郎总算想起昨天柚木送来了笔记，还没来得及道谢，连忙说了一句"昨天谢谢你"。柚木一听，脸上露出了困惑的表情。

"我这么说很奇怪吗？"

"那可不吗？昨天露出满脸困扰的表情，今天突然向我道谢什么的……"

"我并没有觉得困扰啊。反倒是柚木你看起来好像挺不高兴的，所以……"

"我不高兴？"

柚木一瞬间僵住了，但马上又说道："才没有那回事呢。"

说这话的时候，柚木看起来有些生气。"我那不过是担心夏木你而已啊！"

"担心？"林太郎小声地说道，接着微微抬起头，用食指指向自己，"为我担心？"

"这不是废话吗？"

柚木瞄了一眼林太郎。

"爷爷去世以后马上就要搬走，我在想你是不是很难受，所以才特别担心你。结果你却和秋叶学长悠闲地在那儿聊一些无关紧要的东西，你这样我当然不喜欢。"

"搞不懂啊！"林太郎在心里感叹道。

在林太郎看来，柚木才是被添麻烦的那一方，之前一直自顾自地这么认为着。嘴上说担心什么的，不过是客套话罢了，林太郎自然而然地这么认为着。不过事情好像并非如此。

柚木时不时看向神情困惑的林太郎，突然露出有些不好意思的表情。

"话说我之前看上去态度很恶劣？"

林太郎一时苦于回答，并非这个问题来得很突然。

这是因为两人是同班同学，平日里总能看到这双明亮的眼睛并没有什么稀奇的地方，但不知怎的忽然发现这双眼睛其实非常漂亮。仔细想想，两人虽然住得近，但林太郎从来没有像现在这样面对面地和柚木进行过交谈。

"什么嘛。我态度看起来有那么恶劣吗？"

"……完全没有的事！"

"我说夏木你太不会撒谎了。"

看到柚木如此干脆的反应，林太郎想不出一句讨巧的台词。习惯性地用右手扶了一下眼镜框，终于开口说道：

"店里有爷爷的一组红茶茶具。"他身体僵硬地示意她到店内坐坐。

林太郎心想自己怎么会说出这么愚笨的台词，他默默地叹了口气。但笨拙归笨拙，这是他的心意。不禁把这位性格爽朗的女同学逗笑了，柚木略带苦涩地笑着说：

"你这是在搭讪吗？"

"你这样误解我可不好。"

"可是，作为专程给你送联络簿的答谢，这样的台词可真够省心的。"爽快而又犀利的回答。柚木用轻快的步伐往前走去，一屁股坐在旁边的圆椅上。"不过，你的努力我是认可的。"

"那还真是多谢。"林太郎松了一口气，柚木接着说道："来一杯大吉岭。糖加够。"

正值严冬却仿佛忽然已是春天，店里回响着明快的声音。

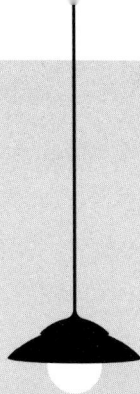

第二章

第二迷宫「粉碎者」

对林太郎而言，祖父是一个不可思议的人物。

祖父生活在一个与林太郎所熟知的日常不同的世界，他沉默寡言而又难以捉摸，但来者不拒，是一位安静的贤者。

祖父的一天从早上六点起床后开始，六点半吃完早饭，七点过做好林太郎和自己的便当，然后把店门打开。一大早让店里通风，一面给门口的花草浇水，一面送不情愿上学的孙子出门。剩下要做的事情只有一件，在傍晚林太郎回来之前，寸步不离地沉浸在旧书的海洋里。

这一连串动作犹如自古以来浸润着大地的历史悠久的长河，不会干涸、不会怠惰地重复着。从这位瘦小的老人身上感受的风格，让人仿佛以为他这一生都是在这间小小的书店中度过的。但要说起果真有这回事吗？当然并非如此。

祖父不太常提起自己的事。不过林太郎曾经从书店的老顾客那里听说，祖父原本在某所大学就职，并且晋升到了相当高的位置后在道路上受挫。

告诉林太郎这件事的，是一位留着白须、总是戴着时髦领带的老绅士。他偶尔出现在书店，每次一来会买走厚厚的文学书，有时是外语书。据说他曾和祖父一起共事过。

"你的祖父，是一位了不起的人！"

在泛黄的吊灯下，他曾摸着林太郎的头这样说道。

应该是林太郎上初中时的事情。祖父外出不在，林太郎一个人看店时的事。

"你的祖父过去努力想要把世上的各种混乱的问题，一点儿一点儿地带到好的方向去。费尽心力，出色而又过于认真地做着自己的工作。"

老人一边抚摩着装在盒子里装订豪华的书籍的封面，一边用怀念过去般的口吻向少年讲述着。

"不过啊，"老人停顿了一下，望了一眼书架，叹了口气，"心有余而力不足，带着遗憾离开了社会的舞台。"

林太郎感到十分困惑，"社会的舞台"这样的词语和祖父给人的印象完全不搭。

林太郎问当时祖父想做的是什么，老人温柔地笑着回答：

"不是什么特别的事，只是想传达一些理所应当的事情罢了。不能撒谎，不能欺负弱者，有人遇到困难就要伸手相助……"

林太郎不由得歪了歪脑袋。

老人苦笑着说："这世上理所应当的事情，也变得不是理所应当了。"

老人说罢深深地叹了一口气："现在的这个世上，很多理所应当的事情都变成完全相反的了。大家都忙着学习巧妙地撒谎、把弱者当作垫脚石、乘人之危。该适可而止了——这样的话没人会说。"

"所以爷爷……"

"他告诉世人，你们该仟手了。他苦口婆心地劝说人们，这样做是不对的。"

然而什么都没有改变——老人告诉林太郎。如对待精致的玻璃雕刻般，老人小心翼翼地把厚重的书放回了收银台上。那本书是包斯威尔的《约翰生传》的第二卷。

　　"不知有没有第三卷呢？"

　　"有，在里面左上方的第二层。应该是在伏尔泰著作的旁边。"

　　老人用鼻息应答，微笑着点了点头。老人按照林太郎所说的，从书架上取出了要找的书。

　　"所以爷爷因为大学的工作不顺利，才决定开这间小小的书店吗？"

　　"就事实而言，如你所言。不过不应当以这种语调说出来。"

　　少年心里一惊，老人露出和蔼的笑容。

　　"你祖父并不是夹起尾巴从大学逃了出来这样而已。他既没有放弃，也没有扔下不管。只是改变了一下方式。"

　　"方式？"

　　"你祖父开的这家旧书店非常不错。为了把有魅力的书传递给尽可能多的人，所以开了这家店。他坚信这样做可以让扭曲的事物一点点地回到原本应有的姿态。这就是你祖父选择的新的方式。这并不是一条华丽夺目的路，但我想这样的选择很符合他的作风。"

谆谆教诲的老人，过了一会儿回过神来，苦笑着说道："这些话可能对你来说还太深奥了。"

林太郎的确这么觉得。

那时的确觉得很深奥，但现在林太郎觉得似乎看到了一些不同的东西。

看到了什么不同的东西——这样的问题，林太郎想要回答也并不容易。但在这短短几天打扫书店的日子里，林太郎慢慢地能够看到是什么把寡言少语的祖父和夏木书店联系在了一起。

从书架的拂尘，到店门口的清扫，这些日常的打理虽然单调但很费功夫。不，应该说正因为单调，所以才知道细心地、毫不怠惰地维持着店里一切的祖父是多么有耐心的一个人。

林太郎带着淡淡的感伤，望着店里。

当花了一个小时做完早上的扫除的时候，被格子门切成短册[1]状的

---

[1] 短册：长方形。

冬日阳光照进了店里，落在地板上泛起明丽的光芒。门外传来欢快的嘈杂声，应该是去参加社团活动的同一所高中的学生们。充满活力的笑声和清透寒冷的空气一起传入店里。

真是让人舒畅的空气。

"你还挺悠闲的嘛。你不去上学吗，第二代？"

忽然听到这低沉的声音，然而林太郎并没有因为不可思议而太惊讶。肩膀上搭着掸子的林太郎，把头转向店的那头——更里面的地方。

夹在书架之间的狭长走廊的深处，不知何时坐着毛色光亮的橘色虎斑猫。原本在它的身后镶了木板的墙壁不见了，青白色的光芒包裹着书架走廊一直连接到了遥远的那一头。

林太郎看着橘猫苦笑着说："我很想跟你说一声'欢迎'，但如果可以的话，你能不能从门口走进来呢？那边是墙壁。"

"看来你感觉不怎么意外呢，第二代。"

橘猫用它天生低沉的嗓音说道。

翡翠色的瞳孔闪烁着理性的光芒。

"要是你的反应能再慌张一些的话，我跑一趟也算是值了。"

"因为我一直很在意你说的'第一迷宫'这样的话。既然有第一，那自然有第二吧。"

"洞察力很敏锐。既然这样，也刚好省下我给你说明的工夫了。"

"说明？"

"我们得去'第二迷宫'了。把你的力量借给我。"

"你该不会……"

林太郎把视线投向深处的通道。

"又要说什么解救书这样的话吧。"

面对林太郎战战兢兢的提问，橘猫十分夸张地以一副非常了不起的样子回答道："正是如此。"

"在某个地方，一个男人把他从世界上收集的书，一本接一本地剪碎。"

橘猫用沉重的口吻说道。

男人收集着大量的书，旁若无人地继续着他的行为。

"不能再继续放任下去了。"

林太郎坐在旁边的圆椅上，用手指扶着眼镜框。沉默了片刻后，从手指下方看着橘猫。

"怎么，不管你怎么瞪着老夫这张脸，事态也不会好转。你来还是不来，这才关乎一切。"

"你比之前还强硬呢？"

"若是我不这般强硬，你便不会有所行动。换作一个不需要强硬的态度就能行动起来的男人，我用不着这般辛苦！"

橘猫翡翠色的瞳孔，发出深邃的光芒。

林太郎沉默地几经思考，最后长叹一口气回答道："好吧，我明白了。我再跟你去就可以了对吧？"

这般爽快的回答，让橘猫很是意外。它饶有兴趣地眯起眼睛。

"没想到你会如此干脆。我还以为你会继续像一个软弱者那样，找来各种理由发牢骚呢。"

"太难的事情我不懂，但爷爷告诉我，要好好对待书。救人什么的我做不来，但去解救书的话我会助你一臂之力的。"

橘猫微微睁开翡翠色的眼睛，而后又把眼睛眯起来，点点头。

"很好。"

林太郎似乎看到橘猫的嘴角带着一丝淡淡的微笑，但又不敢肯定。林太郎还没来得及去求证，忽然听到了门铃清脆的声音。回头发现咔嗒一声格子门打开了，门的另一边一位意想不到的闯入者探进了脑袋。

"你还活着吗，夏木？"

活泼的声音的主人是班长柚木沙夜。一看时间，七点半，应该刚好是柚木出发去参加吹奏乐团晨练的时间。林太郎一下子慌张起来。

"嗯？女朋友吗？"

"别出声。"

柚木喝了红茶后离开夏木书店，是在两天前。

对于班长所说的"好好来学校"这句话，林太郎含糊地应声之后，并没有付诸行动。简言之，他还是一直躲在店里。从心情上来说，事到如今林太郎根本没有去上学的意思，不过在面对柚木的时候还是会觉得自己这样有些不好。

在如此微妙的情况下，而且是一个本该去上学的日子，被目击到从大清早就和一只猫聊天，简直太不凑巧了。

"你、你有什么事?"

"什么叫你有什么事?"

柚木微微皱了眉头,不客气地走进了店里。林太郎很慌张,他的耳边响起了橘猫低沉的声音:

"别担心,第二代。老夫的姿态只有满足了特定条件的人才能看见。你只要做出一副什么事都没有的表情就可以了。"

林太郎半信半疑地听着,柚木用清澈的声音问道:

"结果昨天你也没有来学校。看你这样子,今天也打算不来上课,对吧?"

"这个嘛,其实也不是你所想的那样……"

"那你会来?"

"不过今天还是……"

柚木把锐利的目光,投向态度暧昧的林太郎。

"夏木你不来上学,我又得给你送联络簿。而且老师们也很担心,你这样给大家添了很多麻烦,你知道吗?"

柚木以她一贯的风格,吐露着毫不客气的话语。

从威信上已经和林太郎不是一个级别的了。

"对不起……"

"这不是道歉能解决的问题。"

柚木有些无语，叹了一口气。

"要来的话就来，要请假就请假，你清楚地说出来就好了啊。夏木你现在处于煎熬的状况，这一点我也懂。因为你不说清楚，周围的人也不知道该如何才好，所以很困扰啊！"

不给人喘息机会的说话方式，让林太郎感到无限羞愧。

林太郎一直以来仅仅考虑的是，原本存在感就很淡薄的自己事到如今就算消失了，大概也不会有任何影响。但在班长的眼里，似乎并非如此。

"换句话说，"从背后传来了橘猫夹杂着笑声的话语，"她是真真正正地在为你担心呢。没想到你也有这么照顾你的朋友。"

声音的主人显然觉得这事很有意思，林太郎瞪了它一眼，而橘猫一如既往地毫不在意，自顾自地摇晃着胡须，悠悠地笑着。

突然，柚木发出了"欸？"的一声，看向了林太郎的脚边。当然坐镇于此的是毒舌专业户橘猫。

一瞬间陷入了奇妙的寂静中。

就连橘猫也一下子僵住了，而后又用试探的语调说道：

"该不会，你能听到老夫的声音，而且也能看见老夫的模样？"

"会说话的猫？"

猫被突然扔出的一句话，惊得浑身颤抖。

柚木显然是在盯着猫看，她又把目光转移到了书店深处散发着淡淡青色光芒的通道，惊讶地说："……那是什么？"

林太郎确认了一眼柚木视线的另一头，静静地用手扶着眼镜框。

"你刚才不是说什么特殊不特殊的条件吗？"

"理论上是的……"

平常总是摆出一副悠然模样的橘猫，难得的开始慌张。

"这可不得了。"

"夏木，"柚木有些困惑地小声说道，"我好像看见了奇怪的东西。"

"太好了，我以为只有我是这样的。"

林太郎破罐子破摔地回答道。柚木听了没有回应一句。

然而橘猫很快恢复了本来的平静，走到柚木面前深深地鞠了一躬。

"我是橘色虎斑猫，名叫虎。欢迎来到'书之迷宫'。"

橘猫优雅地低下头，那模样居然非常得体。

"我是柚木沙夜。"

柚木带着困惑回应道。不过在下一秒，她就伸出洁白的双手抱起吃惊的猫。

"好可爱呀——"听到这欢快的声音，林太郎和橘猫都瞪圆了眼睛。

"好可爱的橘猫，而且还会说话。简直太棒了！"

"这样真的好吗？"林太郎的咕哝声，完全被柚木的娇声盖过，整个店里回响着她的声音。而此时的橘猫被柚木蹭着脸颊，"喵喵"地发出无助的呻吟。

林太郎好像力气被抽走了一般，深深地叹了一口气。

两个人和一只猫，慢慢地走过高大的书架间笔直的走廊。

猫走在最前面，柚木紧跟其后，最后是林太郎。猫的步伐十分安静，柚木的步调十分轻盈，只有林太郎的脚步非常沉重。

"柚木，你还是回去比较好。"

听了林太郎有所保留的话，柚木用细长的眼睛看向他："为什么？你要自己一个人和神奇的猫咪进行愉快的冒险吗？"

虽然林太郎有些畏畏缩缩，但他接着说："你犯不着自己专门往危险的事情里钻。"

"哦，原来很危险啊。"柚木意味深长地看向林太郎。"也就是说，夏木你想让我对同班同学的危险视而不见，对吗？"

"我也不是这个意思。"

"那你是什么意思？没有危险的话就跟着去，有危险的话就放任不管，那才有问题。我有说错吗？"

"快人快语"这个词语简直是为柚木而存在的——这是林太郎最直接的感受。和拖泥带水、烦恼不已的林太郎相比，柚木的理论是爽快的，而且更重要的是有种健康积极的能量。完全不是不健康的"家里蹲"，是能够正面交锋的对手。

"看来你最好还是放弃吧，第二代。"

橘猫用低沉的声音劝说道。

"不管怎么看都是你不对。"

"我承认形势对我不利。但你这个问题的元凶跑来教育我，我心里怎么是滋味？"

"你也别这么说。既然被她看见了也没办法。"

猫的声音听起来少了几分平时的气势，想必是因为它自身的心境也不安稳。

"老夫也并非料事如神。这次的事情完全在计算之外。"

"你这种说法，好像其他的一切都在你计算之内似的。在我看来，你倒一直都是走一步看一步的。"

"就算你说不过我，"柚木充满活力的声音盖过了林太郎，"也不能在猫猫身上撒气哦。"

"你说我撒气？"

"不是吗？"

"我是在担心，因为这种莫名其妙的事，把班长卷进来，如果出了事可就不好了。"

"我出了事就不得了。那你出事的话，难道就不算个事了吗？"

从若无其事的对话中，能听出女孩机敏的心思。

林太郎词穷了，柚木补充道："我虽然不讨厌你的性格，但我不喜欢你这种态度。"

说完柚木便走开了，头也不回地走在了前面。

走在笔直的走廊上，追过了橘猫，勇敢地前进着。和不管什么事情都畏畏缩缩的林太郎截然相反。

橘猫凑到脚边，扭过脖子，抬起头看着林太郎。

它咧着嘴笑着说道："这就是青春啊！"

"……你在说些什么？"

林太郎用有气无力的声音咕哝道。此时，周围渐渐地被白光包围。

医院？

林太郎会产生这样的错觉，也是情有可原的。

因为穿过纯白的光芒，前方是数名白衣男女在一片宽敞的空间中，似乎很忙碌地来来往往。

随着明亮的光芒收了起来，渐渐地能看见周围的景色，奇妙的世界一瞬间一目了然了。

前方广阔的空间是巨大的石制步廊。

左右的宽度大约有学校两间教室那么宽，前方看不见尽头，巨大的空间一直连接到了遥远的另一头。两侧间距相等地矗立着优雅和力量兼具的白色圆柱，它们支撑着头顶优美的拱形天花板。

单从这番景象来看，眼前的景色像是古希腊神殿。但往来的众人却很奇怪。

从柱子之间不断地出现白衣男女，又消失在另一侧柱子之间。老弱男女各种年龄层都有，但无论谁都身着白衣，而且抱着无数书籍匆忙走去，这一点是相同的。

抬头看向柱子与柱子之间的墙，一直到头顶遥远的天花板上，全都摆放着数目惊人的书本。巨大书墙的最下面，星星点点地摆放着桌椅，许多白衣人从书架里拿出一本又一本书堆在桌上，又把别的书放回书架中。仔细一看会发现书墙这里、那里到处是狭长的通道，隐隐约约能看见上行、下行的楼梯，白衣男女从通道里一出来，便走到桌子前停下，工作一阵后，穿过宽广的回廊消失在对面的通道中。

抱着书行走的人、一个劲儿往桌上堆书的人，其中还有在书架上搭着的长梯上工作的人，眼前的这番景象着实令人头晕目眩。

"总觉得……这个地方好厉害……"

柚木语言混乱地说出了自己的感想。这是她此时的感受最直截了当的表现。

柚木眼睛瞪得圆圆的，环顾着四周脚步匆匆的白衣人。

白衣人没有任何一个去注意这三位闯入者。他们完全没有反应，仿佛从一开始就没有看见似的。快要撞到的时候会躲开，所以似乎他们也并非看不见。最令人感到不自然的是，来来往往的人之间没有一句对话。如同看一部劣质的无声电影一般，令人毛骨悚然。

"这哪里有剪碎书籍的人呢？"

"应该是有的。"

"怎么办？"

面对林太郎的提问，橘猫耸耸肩，不假思索地迈步走去。

"只有找。"

快速走去的橘猫，很快叫住向眼前走来的白衣男人。

"不好意思，我有事想问……"

被突然叫住的中年白衣男性，停下脚步看向脚边的猫，他双手抱着大量的书，露出嫌麻烦的表情。男人的体格非常好，但非常奇怪的是脸色却很差。

"有什么事？我在赶时间。"

"这是什么地方？"

对于猫傲慢无礼的提问，男人非常淡然地回答道："这里是'读书研究所'。世界上进行有关读书的各项研究的最大研究设施。"

"读书研究所？"柚木皱起了眉头。而男人却完全没有理会。

"那我们想见见这个研究所的负责人。"

"负责人？"

"是的，这个设施的负责人，比如所长。既然说是研究所，应该说是博士或者教授头衔？"

"你找教授？"

"对！"

"放弃吧。"

男人面无表情地告诉猫。

"有教授头衔的人，世上多到数不清。整个日本到处都是教授。你试着大声地叫一声'教授'，那边行走的学者中，五个人里四个人会回头。大家都是各自领域的教授。从速读法的教授到速记法的教授，在这里有无数教授。除此以外，修辞法、措辞法、文体、音韵，从文字字体到纸质，在种种研究领域中冒出了各种新的教授。比起找教授，不如去找不是教授的人，这样还稍微有点儿指望。"

听了男人毫无起伏且冷淡的回答，橘猫感到非常扫兴。

"那就这样，告辞——"白衣男人抓住空隙离开，脚步匆忙地走远了。

橘猫叫住他，但他不予理会地消失在了柱子那头的通道中。

林太郎和柚木都只是呆呆地站在原地，目送他离去的背影。

"这算什么？"

林太郎嘀咕道，而猫却保持沉默没有回答，又开始在回廊里走动。

猫叫住了下一个从身边路过的白衣男人。和刚才的人年龄、体格都不同，但他没有血色的面部和抱着大量书籍的样子却是相同的。

"什么事？我在赶时间。"

"我们在找人。"

"你还是放弃比较好。"

冷不丁的一句话，好似一记"袈裟切[1]"。

"这座研究所面积非常大。再加上外表、思维方式和繁忙程度都相似的人，有那么多。当然无论谁都很积极地强调自我的独特性，但就执着自我的独特性这一点来看却是毫无独特性的，所以从结论上来说很难做出区别。在这样的地方，要找出特定的'某人'不仅是难上加难，而且毫无意义。"

男人说了一声"那么再见"，便离开了。

第三个人是相较而言比较年轻的女性，脸色很差以及做出莫名其妙的回答这一点，和前两人相同。

还在看第四个人应该找谁来问的时候，柚木撞在了脚步匆匆的男性身上，男人抱着的一大堆书散落在走廊上。

"对不起。"柚木连忙低头道歉，男人只是默然地瞥了她一眼，淡

---

[1] 袈裟切：斜肩砍下去。

定地伸手把书拢到一堆。慌慌张张地帮忙整理书的时候，林太郎拿起了一本书，停下了动作。

《完全崭新的读书法推荐》。

就算用多么委婉的话来评论，这个书名也太没有品位了。

而同时林太郎不由得开口问道："你知道写这本书的人在哪里吗？"

白衣男人听到后，轻轻地挑了挑眉，看向了林太郎。林太郎马上重复了一遍：

"我们在找写这本书的人……"

"要找所长，从这个楼梯下去就是所长室。去了就能见到。"

男人抱上所有书站起来，用下巴示意右手的柱子那头下行的狭窄楼梯。

"所长非常热衷于研究，所以总是把自己关在房间里，很少到地面上来。去了就能见到。"

男人的语调没有任何波澜，可他说的话却莫名其妙很绕。

林太郎低头，说了一声"谢谢"。当林太郎抬起头的时候，白衣男人已经离去，消失在他们对面的上行楼梯那边。

下行的楼梯，怎么走也走不完。

在没有任何心理准备便开始下楼梯的一行人面前，是延绵不断、没有终点的下行楼梯。

"不经常来地面上，原来说的是这么一回事啊！"

柚木半张着嘴，喃喃地说道。回声一路传到了遥远的地下，仿佛是被吸走了。

"不会有事吧？"

"如果担心的话，也有回去这个选项哦。而且原本我就是'推荐回家党'。"

"那'回家党'的人请先回。我可是'不管发生什么事都绝对不会中途放弃的党'。"

柚木的话语，拥有一扫阴暗空气的爽朗。林太郎立刻不说话了。

最开始楼梯是笔直通往下方的，渐渐地变成了螺旋状，给人一种感觉，不管走到哪里都是昏暗的，不管走到哪里都是阴沉的，好像就这样会直接钻进地底下。

景色变化单调得让人害怕。仔细一看，虽然有新旧差异，但不管哪本书都是《完全崭新的读书法推荐》。

时而会有抱着一大堆书的白衣男人走上来，但他们连看都不会看林太郎他们一眼，仅是默默地、脚步匆匆地从身边走过。

不管怎么走都毫无变化的昏暗持续着，忽然柚木如同自言自语一般发出了声音：

"贝多芬……"

听到柚木的声音，林太郎也停了下来。

仔细一听，的确楼梯的前方传来了某种音乐声。

"我想应该是贝多芬的《第九交响曲》里的第三乐章。"

"《第九交响曲》？"

对于林太郎的提问，吹奏乐团的副部长柚木自信地点了点头。

越往下走，音乐变得越发清晰，林太郎也清楚地听见了风格壮丽的弦乐器的旋律。

"是第二主题。"

在柚木告诉他们的同时，旋律转变，开始了更为舒畅的主题的演奏。被音乐吸引着不知不觉步调加快，弦乐器和管乐器的合奏交织出极富幻想性、波澜壮阔的音乐的时候，一行人来到了尽头处小小的木制门前面。

满是岁月痕迹的门上，细心地嵌着"所长室"几个字。除此以外没有任何标志、装饰，里面传出音量惊人的管弦乐。

眼前的这番景象让人难以理解，但对林太郎他们来说，终于抵达了终点，这比什么都让他们欣慰。

橘猫点点头，于是林太郎轻轻地敲了敲门。

轻轻敲了两次没有人应答，第三次用力敲了门依然没有反应。只有《第九交响曲》在回应他们。

没有办法，林太郎握住门把手推开了门。"吱"的一声，门轻轻松松地被打开了，打开的同时，房间中涌出了音量惊人的交响曲。

房间并不大。不，也许本来这是一间宽敞的房间，但四面墙壁一直到天花板上，都完全被堆积的书和纸张填满了，所以让人搞不清房间到底有多大。被书和纸张包围起来的空间相当狭窄，只有正面最深处有一张几乎快要被纸张淹没的桌子。

有一位白衣模样的中年男人面向桌子，背对林太郎他们坐着。

他个子不算高，体态圆润而文雅，正在有条不紊地工作。他在做什么呢？远远地望过去，画面十分令人惊讶，他左手拿起一本书，右手拿着剪刀，一本接一本地剪碎。

每次剪刀一动，无数零碎的纸片翩翩起舞，一本书就这么没了。

白衣模样的肥胖男人沉浸在这奇怪的操作中——画面的异样程度，让人无法用语言形容。

"他在干什么？"

柚木很吃惊，林太郎也不知该如何回答。就连橘猫也闭着嘴，注视着白衣男人。

音量惊人的《第九交响曲》，让异样的空间变得更为异样了。男人身旁放着的既不是播放器，也不是CD或者唱片，而是上个时代流行的、通过录音带播放音乐的录音机。林太郎之所以知道那是录音机，是因为祖父也有一台。像这种上个时代的东西，现在已经很难看到了。在录音机正中间，一卷录音带骨碌骨碌地转动着，仿佛是在开玩笑。

"不好意思。"林太郎的声音并没能让白衣男人回头。叫了两次都没有反应，他气沉丹田大声呼喊，对方终于停下了手中的动作转过头来。

"嗯？什么事？"

男人的声音格外尖锐，戴着厚厚的眼镜，穿着满是褶皱的白衣，鼓着圆圆的肚子，顶着白发所剩无几的秃头，真是奇特的外形。说他是学者的话完全是褒奖，这个人即便穿着白衣，也没有给人留下丝毫知性的印象。

"不好意思，打扰了。"

"噢噢，抱歉，我完全没注意到你们。"

学者用不亚于《第九交响曲》的分贝大声吼道，缓慢地转过椅子面向林太郎他们。

他右手拿着剪刀，左手拿着被剪碎的书籍。林太郎和柚木看到这副模样都不由得退缩了。

"这里很少有客人来。所以太不好意思了，连个坐的地方都没有。"

学者热情大方的声音盖过了《第九交响曲》。

"你们有什么事吗？"

听到男人的问题，林太郎也同样扯着嗓子大声问道："我们听说这里有很多书被不断地剪碎，所以来到了这里。您……"

"啊？你说什么？"

"听说有很多书在这里被不断剪碎……"

"抱歉，我听不太清楚。麻烦你声音再大些。"

"我是说，这里有很多书……"

忽然伴随着难听而尖锐的摩擦音，《第九交响曲》结束了。录音机突然停下了。与此同时，周围陷入了让人毛骨悚然的寂静。

白衣男人不自觉地皱起了眉头，接着慢吞吞地从椅子上站了起来，把手伸向了桌子角落里的录音机。

林太郎正想叫住他的时候，男人伸出胖乎乎的手止住了他。

"录音带、录音机都是很久以前的东西了。有时候会像这样缠在一起。"

男人一边喃喃地说着，一边咔哧咔哧地取出了录音带。

听了很多次的老旧录音带，时不时会缠在播放器上，但对白衣男人来说想必这也是日常之一。他毫不慌乱地、灵巧地取出录音带，把散乱的磁带小心翼翼地卷回去，放进录音机，咔嚓按下播放键。一两秒后，震耳欲聋的贝多芬的《第九交响曲》再次响起。

"那么，麻烦你再说一次来这里的用意。"

在大声播放的音乐中大声说话的学者，让林太郎有些心累。

"哎哟，别露出那样的表情。贝多芬是我最喜欢的作曲家之一，总之我觉得《第九交响曲》是最高杰作。放这部曲子的时候，研究也能进展得非常顺利。"

"研究？请问是什么研究？"

林太郎敷衍地问道。然而中年学者似乎很高兴地点了点头。

"问得很好。我的研究主题正是'读书的效率化'。"

"我看他这是，"柚木在林太郎耳边小声说道，"为了只让自己听到想听的东西，才放的贝多芬的《第九交响曲》。"

也许是这样吧。但即使是这样，也无可奈何。

总之好不容易才抓住的话题切入点，不能就这么放过。于是林太郎问男人：

"您所说的'读书的效率化'，是什么意思呢？"

学者高兴地回答，并咔嚓咔嚓地摆弄着剪刀。

"世界上的书多如山。不过在我的研究完成的那一刻，人们每天可以读好几十本书。不仅是流行的畅销书，复杂的物语、难懂的哲学书也能在一瞬间读完。这将是留名人类历史的一大壮举。"

"每天读好几十本书？"

"换句话说，是指速读吗？"

柚木替林太郎问道。

学者高兴地连连点头。

"速读法是一项重要的技巧。然而，一般的速读法，只能运用在已经熟悉的文章上。作为从报纸上罗列的股价中找出必要的信息，是有用的方法。但好比完全没有学过哲学的外行人，是没有办法速读胡塞尔的《现象学的观念》的。"

"不过，"学者满脸笑容地竖起了肥胖的食指，"我成功地将另一项技巧融合到速读之中了。"

"另一项技巧？"

"那就是'概要'。"

林太郎和柚木一时间不知所措，几乎同时向后一仰。

这时候刚好音乐中断了，应该是第三乐章结束了。片刻的寂静，连喘气的时间都没有，第四乐章马上开始了，在管弦乐强烈的不谐和音中，学者得意扬扬地扯着尖嗓子说道：

"概要，也可以称之为要约。通过速读法将自身阅读速度提高到一个高度的人，抽出书中的精华写成'概要或者要约'，再通过得到这些概要或要约，能将读书速度提高到一个新高度。当然这里所说的概要，将排除一切专业用语、独特精妙的措辞、深奥的成语惯用语。文体要排除个性，语言表达以平庸为原则，追求通俗易懂的极限，并且突破极限。这样一来，比如，原本读一本书需要十分钟，现在将会缩短，只需要一分钟即可。"

学者捡起掉落的一本小巧的书，不假思索地用剪刀将书剪成细小的纸片，片刻后起身交给林太郎。

那里仅有一句话：

"梅勒斯愤怒至极。"

林太郎读完之后，学者满意地点点头。

"这是《奔跑吧，梅勒斯》的概要？"

林太郎惊讶得一句话也说不出来，而男人用左手挥舞着剪碎的

《奔跑吧，梅勒斯》。

"把那部大名鼎鼎的短篇变成概要，一个句子便结束了。抽出之后再进行抽出，反复下来的结果，最后剩下一句。当然这里如果使用速读法的话，只需 0.5 秒即可读完《奔跑吧，梅勒斯》。问题在于长篇。"

学者把满是肥肉的手臂伸向录音机，将原本已经大到不行的音量，调得更大。低音弦乐器演奏的《欢乐颂》，悠扬的乐声充斥着整个房间。

"我现在着手的是歌德的《浮士德》。目标是让这本书能够在两分钟内被阅读完毕。不过这相当艰巨。"

"咚"的一声，学者将手掌拍打在桌上放置的几本书上。激起周围的纸片一阵飞舞，如雪花一般。书的各个地方都被剪刀剪过了，模样凄惨，已经无法辨认是不是《浮士德》了。

"我已经成功地切掉了原来分量的九成，但即便只剩最后一成，这部巨大的作品依然非常庞大。我不得不额外进行浓缩。这需要相当程度的努力，但想读《浮士德》的读者出乎意料地多。我也想尽量回应他们的期待。"

"你脑子有问题吧"，这句话林太郎没有说出口，是因为柚木先开口了。

"这样做难道不会有些奇怪吗?"

清澈而有穿透力的声音,但在这里有些抵不过贝多芬的《第九交响曲》。

"奇怪?为何?"

"至于为什么……"

被如此率直地问起,柚木一时间想不出答案。

背过身的学者,再次缓慢地转动椅子,正面与林太郎他们对峙。

"有人说现代社会中人们不再读书了。然而事实并非如此。大家都很繁忙,没有时间悠闲地读书罢了。在繁忙的每一天中,能够花在读书上的时间是有限的。但想读的书却很多。大家想要接触更多的故事。单单《浮士德》是不够的。既想读《卡拉马佐夫兄弟》,也想读《愤怒的葡萄》。为了达成这些真诚的愿望,应该怎么做才好呢?"

学者突然伸出肥胖的脖子。

"答案是速度和概要。"

学者没有碰录音机,但《第九交响曲》的音量似乎更大了。

"在这里有一本书。"

学者立刻用右手从堆积如山的纸片中，拿出了一本老旧的书。

那本书是来这里的一路上看得人眼睛发酸的《完全崭新的读书法推荐》。

"集合了我全部研究成果的代表作。在这里，收录了最新的速读法，以及我投入了全部精力制作的古今东西百部名著的概要。也就是说，只要有这一本书，大部分读者都能在一天之内读完一百部名作。今后计划推出第二卷、第三卷，所以总有一天人们将能够在短时间内接触到世界上的书物。这难道不是很美妙的一件事吗？"

"原来如此！"林太郎小声地说道。当然这并不是表示赞同的"原来如此"，只是一个感叹词。一直沉默的话，对方便会喋喋不休，这句话不过是为了打断他而说的。

"这样也许的确可以读得很快，但读到的东西和原本的书，完全是不同的东西，不是吗？"

"完全不同？这个嘛，多少有些改变吧。"

"这不是一些改变。"橘猫发出低沉的声音。

"你这样做，把许许多多的书收集起来，一本又一本地剪碎，变成什么都不是的纸片。这是在掠夺书的生命。"

"不！"

学者的声音，伴随着厚重的压迫感响起。

刚才还只是慢吞吞的语调，现在突然变得沉重，来访的两个人和一只猫都紧闭着嘴。

"我，赋予了书新的生命！"

"听好了，"他突然用甜美的声音告诫他们，"没人读的故事将不断消失。我对此感到可惜，我为了让书继续活下去而进行了加工。把书变为概要。教给人们速读法。这样一来，逐渐消失的故事不仅能在现代留下足迹，同时也能回应人们想要在短时间内轻松地接触到各种杰作的愿望。'梅勒斯愤怒至极'，这难道不是绝妙的概要吗？"

然后他摇摇晃晃地站起身，和着震耳欲聋的交响乐，如指挥棒一般挥舞起右手的剪刀。

"你不觉得书和音乐非常相似吗？两者都能给予人们生活的智慧和勇气，它们是带来治愈的美好存在，是人类为了安慰自身、鼓舞自身而创造出的特别的工具。然而，这两者之间有一个很大的不同。"

学者和着多层次的旋律，一下子转过身，白衣在空中画出一道夸张的弧线。圆圆的身体灵巧地回旋。在空中飞舞的剪刀反射着锐利的光芒。

"日常中人们能在各种各样的地方接触到音乐。驾驶时有车载音响，散步的途中有随身的音乐播放器，研究室里有录音机。音乐存在于各种地方，治愈着人们。然而书不同。虽然一个人可以边听音乐边慢跑，但没有办法一边读书一边做同样的事。可以一边听《第九交响曲》一边做研究，但却无法一边读《浮士德》一边写论文。这是书悲哀的命运，也是使得书衰退的最大原因。我为了从这悲伤的命运中拯救书，不辞辛劳地在做研究啊！我并没有剪碎书，而是在拯救书。"

男人的话停了，同时好像看准了时机一般，强而有力的男中音独唱开始了。

橘猫没有回应男人的话。

它的心情，林太郎似乎也明白。

第一次和橘猫一起造访的奇妙宅邸的男人也是如此。他们的言语满是疯狂，但若要嘲笑这是空虚的妄想，他们的语言似乎又过于尖锐了。

"在现在这个时代，"学者好像察觉到林太郎心中的动摇一般，发出温柔的声音，"难懂的书，仅仅是因为难懂，就几乎失去了作为书的价值。不论是谁都想要像一键下载流行的圣诞歌曲一样，轻松愉快地阅读名作。愉快地、迅速地、大量地读书。不顺应时代的要求，名作将无法存活下去。我是为了守护这些书的生命而挥舞剪刀的。"

"第二代。"

听到橘猫的声音，林太郎回过神来。

"你没有被他的话所吞噬吧？"

"说实话，差点儿。"

"喂。"橘猫忽然伸长了胡须瞪着林太郎。

视野的前方，学者悠悠地挥舞着双手，在脑海中指挥着交响乐团。右手的剪刀一闪一闪地反射着来自荧光灯的光，以独唱开始的《欢乐颂》，已经进入了最开始的大合唱。

"的确，如果能够用两分钟读完《浮士德》，我也觉得很厉害……"

"这是诡辩！"

"即便是诡辩，"此时插话的是柚木，"我好像能明白你说的意思。像我这种读书速度慢又不擅长读深奥的书的人，从心情上来说，也会想要选择速读啊、概要这种轻松的读书方式……"

学者一副满足的样子，回过头来。

"你理解得非常正确。我正是想要帮助这样的你。"

不知何时，柚木脸上浮现出恍惚的表情。那位理性而又活泼的女学生，用半梦半醒的表情对视着学者。

橘猫厉声呵斥道：

"她快要被吞噬了。林太郎，快想办法。"

"就算你这么说，我也……"

林太郎努力试着回应些什么，但大声播放的《欢乐颂》扰乱了他的思考。

这巨大的播放声自身如同为了让来访者的思考停止而设立的防御栏一般，学者丝毫不给予任何包围他、靠近他的手段。

林太郎轻轻拂去额头上不知何时冒出的汗珠，闭上眼睛，轻轻地用右手扶着眼镜框。

这种时候，如果是祖父的话，会说什么呢？

林太郎拼命地在脑海中描绘着。微微倾斜地拿着茶杯、陷入思索时祖父的侧脸。追逐着印刷字的安静眼神。透着吊灯的光，发出柔和光芒的老花镜镜片。轻轻翻书的满是皱纹的手指。

"林太郎你喜欢山吗？"

忽然，深邃的声音在脑海中响起。

祖父一面熟练地准备着红茶，一面用温柔沉稳的声音问道：

"你喜欢山吗，林太郎？"

"我没有登过山，所以不知道。"

林太郎会有些嫌麻烦地回答，大概是因为他当时正沉浸在手中的书里。祖父微笑着坐到正在读书的孙子身边。

"读书和爬山很相似。"

"书和山？"

林太郎觉得不可思议，终于抬起了头。

祖父拿起茶杯，在眼前慢慢地移动它，享受着红茶的香气。

"读书不仅仅是愉快和兴奋的。有时候要一行一行地品味，来回地、反复地阅读相同的文章，脑子里装着这些内容，慢慢地往后读。这样的阅读也是读书。苦尽甘来的结果是，你的视野会被忽然间打开。如同爬完漫长的登山道，在山路的尽头，顷刻间景色一览无余地展现在你的眼前。"

在老式吊灯下，祖父慢慢地把茶杯贴到嘴唇上。祖父不论何时都泰然自若，宛如古老的幻想小说中登场的老贤者。

"读书之中也有苦涩的读书。"

老花镜镜片后面的那双不大的眼睛闪着光。

"愉快的读书是好的。但是，通过愉快的登山道，能看到的景色是有限的。即便道路险峻，也不能埋怨山。一步一步地喘着粗气去攀登，也不失为登山的乐趣之一。"

祖父伸出瘦得能看见骨头的手臂，放在了林太郎的头上。

"既然要攀登，不如去爬高山，那样你会看见令人叹为观止的景色。"

祖父的声音是温暖的。

林太郎感到很惊讶，竟然和祖父进行过这样的对话。

"第二代！"

忽然听到橘猫的声音，林太郎闭上的双眼睁开了。

转过头一看，站在旁边的柚木的样子产生了明显的变化。

平日里总是充满血色的脸颊失去了它健康的颜色，曾经洋溢着活力的瞳孔，如今只是反射出青白色毫无生机的光——那种如同静物一般的令人毛骨悚然的颜色，像来研究室之前随处可见的那些行色匆匆的白衣人一样。

像被吸入大声播放的最终乐章里面似的，柚木迈出了脚步，林太郎条件反射地拉住了她的手。他拉住的手是冰冷的，柚木纤细的肢体，竟然一丝力气都没有了，轻轻地就被拉回来了。

林太郎面露寒色，即便这样还是拉着这位同班同学的手，让她坐在了旁边的凳子上。

"这样做也不会争取到任何时间，第二代。"

"我知道。"

橘猫心急如焚地警告，林太郎并没有慌张。橘猫的威严，柚木的机敏，都与林太郎无缘。但道理行不通的危机和窘境，林太郎在毫不起眼的日常生活中也经历过。

在房间正中央，学者右手拿剪刀，左手拿书，如同挥舞着指挥棒一般舞动着双手。每次手一动，剪刀剪进左手的书籍中，白色的纸片便在空中飞舞。

林太郎并不太懂什么是"读书的效率"。

但他能够明白，速读或者概要这样的读书方式，会让书失去它所拥有的力量。

被切下来的断片，终究只能是断片。

盲目地赶路，便会在一路上落下很多东西，人就是这样的。坐上汽车想着能去到很远的地方，但以为走了多远就能增长多少见识，这是一种误解。路旁的花、树梢上的鸟，是属于用自己的双脚行走的、愚笨老实的步行者的景色。

林太郎经过一番思考后，慢慢地朝学者迈出了脚步。

不着急，不慌张，不匆忙定论。用自己的速度思考，用自己的脚走到学者眼前。林太郎把右手伸向了桌上高昂地播放着《第九交响曲》的录音机。

学者立刻放下圆润的手，拉住了林太郎的袖口。

"可以请你不要停下我重要的音乐吗？"

"我不会让音乐停下。"

听到少年沉稳的语调，学者反倒露出了疑惑。抓住这一瞬间的空隙，林太郎用手指按下了录音机的快进键。

一瞬间，夹杂着刺耳的杂音，录音机尖锐地播放起了三倍速的《第九交响曲》。性急而又慌张，喧嚣而令人无法沉静的《欢乐颂》。

"快住手，你简直是在糟蹋音乐。"

"我也这么认为。"

林太郎安静地回答道，但在嘈杂的播放声中依旧没有松开手指。

"我也和你意见相同。但快进的话，就能把你喜欢的《第九交响曲》听好多好多遍。"

正想问林太郎"你这是什么意思"的学者，忽然皱起了眉头，把到嘴边的话吞了回去。

林太郎接着说："但是，快进什么的，太糟蹋音乐了。《第九交响曲》有《第九交响曲》的速度——如果真的想要享受音乐的话。"

林太郎从录音机上松开了手指，合唱恢复了原本威严庄重的旋律。

"果然应该用歌曲原本的速度来听才对吧。快速播放什么的太糟糕了。"

比最初的合唱还要高一个八度的盛大的合唱，爆发出喷涌而出的欢乐之声："啊！欢乐……啊！喜悦……[1]"极大音量播放的旋律，恍惚地、摇摆地响彻整个房间。

在声音的源流处，学者喃喃地说道："书也是……"并看向了林太郎。

"同样的吗？"

"至少概要和速读什么的，就好比把最终乐章单独拿出来快进播放一样。"

"把最终乐章单独拿出来快进播放？"

"虽然那样也许有一番乐趣，但那不是贝多芬的《第九交响曲》。如果你喜欢《第九交响曲》的话，就更应该明白这一点才对。就像我喜欢书，所以我明白。"

---

[1] 啊！欢乐……啊！喜悦……：《欢乐颂》德语歌词开头反复出现"Freude"一词，意思是欢乐。

刚才肆意舞动的剪刀，现在被学者紧紧地握在手里。

片刻沉思后，学者把粗黑的眉毛下那双眼睛转向林太郎。

"可是，没有人读的书会不断消失。"

"我认为这是非常遗憾的事情。"

"你觉得这样也无所谓吗？"

"我并不这么认为。但《奔跑吧，梅勒斯》这么难得的文章，被压缩成那样一句话，也是同样令人遗憾。就像音乐不仅仅是由音符构成的，书也不仅仅是由语言构成的。"

"可是，"学者依然紧握着剪刀，压低嗓音说道，"人们现在已经忘记了慢慢读书这件事。你难道不觉得速读、概要都是当今社会所追求的东西吗？"

"这样的事，我可不知道。"

林太郎一记出乎意料的反击，让学者惊讶地睁开了眼镜片后面的小眼睛，样子甚至有些滑稽。

"我只是单纯地喜欢书。所以……"林太郎停顿了一下，看向了对方，"不管世间有多么需要，我都反对将书本剪碎。"

不知何时，演奏结束了。

房间里只能听见咔嗒咔嗒录音机磁带回转的声音。直到刚才还主宰着房间气氛的音乐消失了，沉默反而令人更加难以呼吸，只有录音机还在发出奇妙的机械声。

"我也喜欢书。"学者放下圆润的肩膀，小声地说道。

林太郎略微点头。

从一开始，林太郎从眼前的学者身上就感受不到恶意。

讨厌书的人不可能会思考这么多事。学者的语言中的确包含了真实。想要让书本留下，想要告诉其他人，想要传递给尽可能多的人。

会思考这些问题的人，怎么可能会不喜欢书。

"但是，"林太郎想了想，"将书剪成碎片的人，也是你。"

"喜欢书的人呢？"

学者轻轻地抬起下巴。接着深深地叹了一口气。

"是不会默许被说成那样的。"

学者举起握着剪刀的右手。

学者淡淡地苦笑着，摊开了手，剪刀散发出雾气一般的光芒消失了。与此同时，忽然传来了哗啦哗啦纸张舞动的声音。房间里没有风，纸片却飘浮了起来，在房间中飞舞。

林太郎慌忙后退了几步。

无数的纸片接连飞起，一瞬间纸片形成的暴风雪将视野染成一片白色。林太郎茫然地注视着眼前的这一切，回旋飞舞的纸片与纸片渐渐在这里那里贴合、相连、互相重叠，终于回到各自最初的书的模样。

在纸与书飞舞的房间里，白衣学者自始至终都悄然地站在那里。

从他圆润的肩膀，林太郎看到了几分寂寞，随手从身旁的桌上拿了一本恢复形状的书，递给了学者。

学者看着书的封面，喃喃地念道：《奔跑吧，梅勒斯》。"

"我也喜欢这个故事。偶尔试着念出声，慢慢地读一次怎么样？虽然会花些时间，但你不会后悔的。"

学者接下了薄薄的一册书，一动不动地注视了好一阵。

飞舞的纸片所形成的暴风雪依然没有减弱气势。几本恢复原本模样的书，离开了纸片的奔流，被收进了靠着墙壁的书架上。从毫无装饰的小书，到皮革装订的豪华大作，接连回到书架上的样子，十分壮观。

回过神来，整个房间渐渐被淡淡的光芒包围。与此同时，林太郎的耳边传来了《欢乐颂》的旋律。

林太郎把目光转向桌上的录音机，然而录音带并没有转动。

是学者在哼唱。

一只手拿着《奔跑吧，梅勒斯》的学者，看起来有些开心地晃动着脑袋哼唱着，同时用慢悠悠的动作脱下了白衣，扔在了身后的桌上。被扔在一边的白衣，也渐渐被白光包围。

"我的小客人，"学者一边扔掉胸口的领带，一边对林太郎微笑，"真是一段愉快的时光。愿你拥有美好的未来。"

学者用优雅的嗓音说道，接着微微鞠躬，转过身迈步离开了。

小小的背影和哼唱的歌声，渐渐被白光包围。

不知不觉醒来的柚木，好一阵子都没有挪动身体。

她扫视了一遍四周，试图把握现在的状况。

她睡在夏木书店的角落里。坐在木质圆椅上，靠着旁边的书架睡着了。身上盖着毛毯，身旁还有煤油炉在燃烧，看来是有人悉心为她准备的。煤油炉上放着白色的茶壶，柔软的热气腾腾而上。

往门口一看，外面是明媚的朝阳。一个人背对着耀眼的阳光站在门口，手扶着眼镜框，在思索着什么。那是她的同班同学。

熟悉的那位同班同学站着一动不动，脸上带着几分严肃，目不转睛地注视着书架。他投向一排排书的眼神无比认真，好像要把每一本书的封面烙印在眼球里，并且在心里从头到尾地回想书中的故事。

"你真的很喜欢书呢。"

柚木有些小心翼翼地开口说道。林太郎这时才发觉她醒了，回过头，安心地叹了一口气。

"太好了。我一直在想要是你就这样睡着醒不来了，我该怎么办才好。因为你睡得很沉。"

柚木用比平时更有活力的声音做出了回答，因为她察觉到自己的脸颊有些发红。

像是为了掩饰自己的脸红一般，她继续说道：

"谢谢你，夏木。我好像给你添了很多麻烦。"

"添麻烦？"

"是你把我从那个神奇的地方扛回来的吧？"

林太郎听了柚木的话，转移开视线，接着刻意地偏了偏头。

"我说……"

柚木坐在椅子上，眼神多了几分严肃。

"你不会是想要把这一切都说成是一场梦吧？这不可能。我全部都记得。会说话的猫，两侧是书架的通道，还有奇怪的研究所。你还需要我继续说吗？"

"不，已经足够了。"

林太郎慌张地挥动双手。

"我放弃无谓的挣扎。"

"那还差不多。"

柚木笑着点了点头。

在脑海中，那些不可思议的景色总是浮现而后消失。

脚步匆匆的白衣人，延绵通往地下的楼梯，震耳欲聋的《第九交响曲》和奇妙的对话。

对话途中，柚木的记忆变得模糊。但她清楚记得，当自己像是不断沉入一片深海，陷入汪洋般的黑暗时，同班同学温暖的手将自己拉了回去。

那双可靠的手，让人难以相信安慰她的是那个安静的少年。

"那只猫咪呢？"

柚木不经意地问起，林太郎左右摇了摇头。

"在回来的路上就不见了。上次也是招呼都没有打一声，就这么走掉了。"

"这么说，也许还能再见到它？"

"你好像很高兴呢。"

林太郎露出困惑的表情。

"从我的角度来说，我不想再把班长卷入莫名其妙的事件中了。"

"反正都已经被卷进来了。"

尽管如此，柚木用开朗的声音说道，站起来伸了个懒腰。

门外鲜艳的阳光照耀着。看了一眼店里的时钟，从她钻进店里那会儿几乎没过多久，好像刚刚才来到这里似的。周围充斥着的日常光景，让人真的怀疑那一切是不是梦境。

清澈的朝阳，柚木不由得眯起眼睛。她突然转向了一个新的话题。

"你搬家的准备还顺利吗，夏木？"

"还什么都没准备。"

"什么都没准备……你这样行吗？"

"应该是不行的。"林太郎偏了偏头，"总觉得有些说不通。"

"说不通？"

"我不知道该怎么解释。好像有一种不想离开这里的心情。虽然我知道自己不应该说这种悠闲的话，但找不到一个折中点，自己也觉得很困扰。所以现在正在默默地思考。"

"这不是想一想就能解决的问题吧。"柚木没有把这句话说出口。

注视着远处的某个地方，沉默的那张侧脸，柚木用有些意外的心情凝视着。

林太郎说的话总是含混不清，让人很难懂他想说什么。有时，中途就开始意义含糊。但看上去又不只是单纯的优柔寡断，或者缺乏决断力什么的。非要说的话，那是他想要尽可能认认真真地面对内心的许许多多思绪。

原来他是这样的一个家伙……

柚木好像发现了什么特别的事情似的，微微地睁开了眼睛。

她窥见到了一个不同的林太郎——性格消极而且做事靠不住，但同时又十分认真和诚实，以至于有些老实过了头。

忽然，几名女高中生清脆的笑声从门外飘过。

柚木趁机用明亮的声音说道："有什么推荐的书吗？"

林太郎有些困惑地回应：

"有倒是有，不过我推荐的书，都挺不好对付的。"

"没关系啊。我现在不会想要依赖概要什么的了。"

"你的觉悟也很不好对付的。"

林太郎笑着答应了，一边看向书架，一边用右手扶着眼镜框。

以这个姿势站在书架前面，一动也不动，像是一位经验丰富、思虑深远的学者。柚木看到这样的林太郎，有些意外。

"那么……该选哪本书好呢？"

林太郎语速均匀、喃喃自语地说道。平日里感觉特别靠不住的他像是幻影般消失不见了，他看上去充满了自信和活力。

背对着清晨的阳光，默默地思考着的同班同学，柚木在一旁从眯起的眼缝儿中一直注视着他。

第三章

第三迷宫「抛售者」

"那么，今天的课到这里就结束了。大家回家路上小心。"

讲台上班主任老师的声音十分有穿透力，而几乎在老师话音落下的同时，教室中的学生纷纷起身。

"终于下课了。"

"饿死我了。"

"你今天也是社团活动？"

学生们的交谈声四起，教室中的空气开始喧腾。

柚木也麻利地把笔记本和教科书放进了书包，从座位上站了起来。一面起身，一面瞥向窗边，在吵吵闹闹交谈的同学们之间，只有一个座位是空着的。

"今天也请假了吗？"

那是夏木林太郎的座位。

原本在班里的存在感就不强，所以即便他请假了，教室里面的气氛也没有任何变化，也没有特别在意这件事的学生。直到几天前的早上，柚木也和他们一样。

不过，现在有些不同了。

因为是管理整个班级的班长，因为住得近不得不送联络簿，这样具体的理由也可以罗列出很多来。不过柚木自己明白这些都不是最核心的理由。

对林太郎的印象，原本仅仅是存在感稀薄的读书少年。现在他会以不同的姿态和不可思议的橘猫一同浮现在柚木的脑海中。

"喂，林太郎那家伙，今天也请假了吗？"

不经意地听到从高处传来的这句话，柚木回头看向了走廊那头。

窗户的另一边，是个个子高挑的高年级学生的身影。

篮球部的部长，拥有年级第一头脑的秋叶良太。在刚下课的教室里，释放着不必要的清爽笑容，吸引着女生们火热的视线和尖叫声。

"有什么事情吗，秋叶学长？"

柚木看向学长的目光明显十分冷淡。

两个人都是学生会的，所以平时就有一定程度的接触。然而这位优秀的学长散发的轻浮作风，柚木完全接受不了。表面上客客气气地应付自己接受不了的事情什么的，不是柚木的作风，所以毫不客气地和秋叶保持着距离。而应该已经察觉到这一点的秋叶，反倒觉得很有趣，跑来向她搭话。

"夏木那家伙，完全不来上学啊。真不好办啊！"

"这话从和他一起偷懒的学长口中说出来，一点儿也没有说服力。"

"你这样说我很寒心啊。我跑去那儿是为了给失去家人、把自己关在家里的可怜学弟打气。"

秋叶一边向路过的女生抛着媚眼，一边说些煞风景的话。

柚木翻着白眼。

"那，可以麻烦你在给学弟打气的同时，顺便把联络簿送过去好吗，还有昨天的讲义？"

"什么？你不去送吗？"

"激励祖父离世、心情沮丧的男生这种事，对我来说太难了。这种事难道不是男生之间更好传达吗？"

"不好意思，无论是头脑、运动神经，还是相貌、性格，那家伙和我都差得太多了，所以我俩要相互理解也是相当困难的。"

学长还是老样子，嬉皮笑脸地说着毒舌的话。

"而且呢？"秋叶露出坏笑。

"既然买了夏木店里的书，那还是应该你去吧。"

秋叶的眼睛精确地捕捉到了柚木手里抱着的大本的单行本。

"我真是没有想到吹奏乐团的副部长大人，会对古典有兴趣。"

"看着把自己关在书店里只知道读书的同班同学，开始觉得自己要不要也读读看呢？但是翻来翻去全都是印刷字，肩膀都酸了，我不太喜欢。"

"不过简·奥斯汀选得不错。"

秋叶的语气，听上去和刚才有些不同。

"作为文学的入门书也很不错，而且也适合女生。真不愧是夏木。"

学长笑了，眼里闪烁着柔和的光，一点儿也不像他这种精英分子的眼神。

真是的……柚木在心里默默叹气。

——喜欢书的人，一聊起书的话题，就会露出和平时完全不同的表情。

这样的身影，让柚木感到淡淡的疑惑，柚木轻轻地挪动了一下抱着《傲慢与偏见》的双手。

"那剩下的就拜托你了，林林。"

说话的人声音很响亮。话音落下，引擎音也一同响起，白色的菲亚特 500 轻快地跑了起来。

时间是傍晚。太阳开始倾斜，蓝色冬日天空的一大半被染成了暗红色。

林太郎目送着婶婶乘坐的小汽车，为了不让对方担心，夸张地挥舞着右手。确认白色的车身在前面转了弯，终于叹了一口气，自言自语道：

"婶婶，能不能不要叫我林林啊？"

这是林太郎最坦诚的感想。

耳边现在仍回绕着刚刚离去的婶婶洪亮的声音。

"听好了，林林。把自己的行李收拾好，开始搬家的准备哦。"

自祖父离世以来，每天都来林太郎家的婶婶，这一天终于告知了搬家的日期。

面对性格开朗乐观的婶婶，到目前为止林太郎没有想象中那样需要费心。个子小巧但身上却很有肉，样子和蔼可亲，吃力地坐进白色菲亚特500的婶婶，不知为何给人一种老绘本中登场的森林小人儿的印象。

和外观相比，很意外地，婶婶是一个做事麻利的人，祖父房间的收拾工作也进展得很快。

"总是把自己关在房间里，一直过这样的生活，心情会走下坡路的。"

林太郎明白这是婶婶在关心他。他也明白不能像这样茫然地把自己关在书店里。但从林太郎的心情上来说，确实还有一种驻足不前的感觉。

目送婶婶的菲亚特500离去，刚好在道路的另一边，看见了放学回家的班长，林太郎忽然有一种得救般的感觉。

"真难得，'家里蹲'竟然会跑到外面来。"

柚木用她一贯的轻快步伐走来。

"放学了？"

"什么叫放学了？你又随意缺席。你到底在做什么？"

班长锋利的视线，虽然毫不客气，但反倒让人觉得舒服。

林太郎慌忙转移话题，把目光转向街道对面。

"婶婶来了。她说，你差不多该准备搬家了，后天搬家公司的人就

会来。"

"后天？"

这是柚木完全没有预料到的，她舒展开了眉头。

"祖父去世差不多有一周了。总不能一直放着一个不谙世道的高中

生不管吧。"

"你还是老样子，像在说别人的事情一样冷静。"

"我不是冷静……"

"你又在一个人想这想那。偶尔不停下思考的话，脑容量可能会超

出负荷哦。"

被柚木抢了先手的林太郎，只好苦笑。

"我想今天也是最后一天麻烦柚木你专程来送联络簿了。"

"我不是为了送联络簿来的。"

柚木把夹在腋下的书，拿到了林太郎面前。

"这本书很好看。"

这次轮到林太郎对柚木的话感到吃惊。

"已经读完了吗？"

"读完了。多亏这本书，这两天我完全没睡够。"柚木的口气听着很困扰的样子，眼里却泛着微笑。她把目光转向店里，"再给我推荐一本书吧。离你搬家只有两天了的话，一次性买个两三本吧。"

柚木若无其事地告诉林太郎，也没有听他的答复，便走进了书店。

林太郎慌慌张张地追上去，但刚钻进门，便撞上了立着不动的柚木。

"柚木？"林太郎问道，他看了一眼店的最里面便明白了事态。

"这就是青春啊！第二代。"

不带微笑说话的是，翡翠色的眼睛发着光且体态优雅的三种毛色的橘猫。

它背对着散发青白色光芒的书架之间的通道，悠然地站在他们面前。

"看到你和平时一样没事干，比什么都好。"

"很不凑巧，我在忙着准备搬家。"

"真是信口开河。你明明什么准备都没做。"

橘猫轻巧地击退林太郎的抵抗，轻轻地转动脖子，面向柚木，这次非常诚恳地低下了头。

"能够再次见面实感荣幸。第二代受你照顾了。"

"不用客气。"柚木一点儿都没有感到疑惑，甚至很开心。适应能力之强，真该说不愧是能干的班长。"我还以为再也见不到你了呢。"

"见不到也许更好？"

"没有那回事，我很高兴能够再见到你。而且上一次非常开心。"

听到这毫不做作的话语，橘猫饶有兴趣地晃动了一下胡须，不过立刻又把翡翠色的眼睛转向了林太郎。

"真是一位头脑灵活、美丽的姑娘。和不论什么事都不往前看、讲道理很能干却从不付诸行动的、保守的年轻小子相比，简直有着天壤之别。"

"我不否认，但你这样私闯民宅也是不被允许的。每次都从墙壁对面出现，被你这样吓一跳可不是什么好体验。"

"不用担心。"

橘猫用超脱的态度回答道。

"这是最后一次。"

"最后一次？"

"没错。"橘猫回答道。停顿了一个呼吸之后，继续说道，"我想让你最后帮我一次。"

橘猫低沉的声音在店里回响。

"这是最后的迷宫。"

橘猫一边走在看不见尽头的书架间的通道上，一边用不带感情的声音说道。

两侧的墙壁和威严的书架相连，头顶星星点点的吊灯。林太郎和柚木一言不发地走在这条不可思议的走廊上。

"到目前为止，你帮助我解救了很多书。我非常感激。"

"现在才说这些话，真奇怪。"

对于一改往日毒舌作风的橘猫，林太郎冷静地保持了距离。

"这简直就像为了道别而做的铺垫。"

"要说不含这样的语气，倒也不是。"

橘猫故意绕着弯地回答，林太郎加强了抗议的语调：

"突然出现吓人一跳，离开的时候也无须多言是吗？"

"我也是不得已。猫这种生物，本来就不会考虑人类的便宜而行动。"

"我知道的猫，至少不会像你这样见缝插针地毒舌。"

"真是见识狭隘的男人。老夫这种程度的猫，世界上到处都是。"

橘猫头也不回地说道。林太郎露出苦笑。

"想到再也听不到你单方面的蛮不讲理的话了，还真是有些遗憾。"

"别心急。这些都是穿越迷宫的后话。"

橘猫忽然停下脚步，看向林太郎，眼神格外严肃。

"第三迷宫的主人，有些棘手。"

说这句话的同时，橘猫把翡翠色的眼睛从林太郎身上转向了柚木。一直不出声听着问答的柚木，对突然投向她的视线皱起了眉头。

"怎么了？"

"最后一位对手，和之前的两人稍有不同。"

"你是想说很危险所以让我回去吗？"

橘猫避开了直接回答，煞有介事地洗着脸。

"是一个看不透行动的对手。第二代想必会比之前更为担忧你的安危吧。"

"看来这次猫咪你也站在夏木那一边？"

"并非如此。"

"为何？"

"对老夫而言，你的存在完全是意料之外。然而我并不认为这是偶然事件。"

听到这不可思议的回答，柚木和林太郎不由得看向了对方。

"你之所以在这里，恐怕是有原因的。老夫并不会拒绝。"

"喂……"林太郎慌张了起来。

但橘猫并不在意，面向柚木垂下头。

"万一发生什么事的时候，第二代就拜托你了。"

低沉而有力的声音响彻四周。沉默了片刻后，柚木用比平时还要魅惑的微笑回答道：

"这么说你很看好我？"

"第二代并非脑子不好使的男人。但他缺乏胆识，总是在关键时刻变得畏畏缩缩。不是特别靠得住。"

"我也有同感。"

"你们当着本人的面，自顾自地说些什么呢？"

林太郎终于插话了。

"也不知道接下来会发生什么事。你没有必要跟着我们来，柚木。"

"换作以前的我，听了这种话也许会掉头走掉。但是现在，如果夏木你万一发生了什么事，我会很困扰的。"

林太郎听到这令人意外的台词，闭上了双唇。看到这样的林太郎，柚木调皮地闭上了一只眼睛。

"那样的话，就没人给我推荐下一本书了。"

说这话时，柚木的声音很活泼，还把橘猫逗笑了。

"很好。"

扔下简短的一句话，橘猫一溜烟地转过身继续走着。柚木也毫不犹豫地跟在后面。

被扔下的林太郎，别无选择，慌忙地开始追赶两人。这时周围被白色的光芒包围。

光芒消失后的景色，相当奇异。

最初映入眼帘的是，蜿蜒细长的通道。和刚才走过的走廊差不多宽，但样子完全不同。

首先头顶是万里无云的晴空。和刚才走过的吊灯相连的昏暗走廊不同，这里应该是室外。其次两侧是远远超过林太郎身高的墙壁相连，因此无法眺望周围。不过多亏了从上方倾泻而下的明媚阳光，感觉十分开阔。

但不管看起来有多么开阔，让人内心无法平静的光景出现在了眼前。

"欸？"第一个发出声音的是柚木。

"这是什么鬼？！"

尖锐的声音像是惨叫一般。尽管没有发出声音，但林太郎也是同样的心情。

耸立在道路两侧的墙壁，是由随手堆积的书组成的。

然而这堆积的方式，完全不是整整齐齐地进行重叠。有的书破烂不堪，有的书被压碎了，下面的书被上面的书压得干瘪，完全连书的样子都没有的也很多。这样子显然是完全没有把书放在心上而将书堆积起来，不知不觉变成了这么高。

就连林太郎不是这样爱书的人看着，都会觉得不舒服。

"我们走！"

橘猫低沉的一句话，让林太郎回过神来。

没有回应的语言。无法用语言描述的心境，只好用沉默来表达。

林太郎和柚木两个人心有灵犀地把头转向了对方，微微点了点头，便继续往前走。

一片寂静的通道，蜿蜒而又不规则，因为无法眺望四周，所以很快便失去了方向感。散发着颓废气息的风景，与之不相称的明媚阳光，这样的反差只会让人感受到更为强烈的压迫感和虚无感，好像被迫走在某件低劣的近代艺术品前似的。

究竟走了多远？其实根本没走多远。就这样距离感变得模糊了，突然通道的前方可以看见巨大的灰色墙壁，柚木松了一口气似的说道：

"这就是尽头？

"这里就是目的地？"

林太郎停下了脚步，抬头一看。

挡住前方去路的让人感受不到任何生命的灰色墙壁上，排列着无数正方形的窗口。

排列了许多窗户的巨人墙壁，在遥远的头顶上的白色雾霭中融化消失。墙壁被两侧的书墙遮挡，因而无法把握全貌，不过简言之，通道的前方矗立着类似高楼大厦的建筑物。

而且再继续走一阵后，渐渐可以看清灰色高楼的底部，煞有介事地有一扇玻璃大门，门上细心地写着"Entrance（入口）"字样。

"这是在叫我们进去。"

橘猫的样子并没有丝毫感动，不客气地往前走去。

一靠近玻璃门的下方，玻璃门便悄无声息地向左右打开，迎接林太郎等三人入内。与此同时，不知从何处出现一位身着浅紫色套装的女人，向他们致礼。

"欢迎来到世界第一的出版社'世界一番堂书店'。"

声音和笑容都十分完美而机械，更令人无语的是自我介绍的时候自称"世界第一"。

"请问应该如何称呼阁下？以及今天到访的目的？"

听上去十分开朗却毫无感情的声音。感觉像被对手抢了先手，但林太郎还是把话接了下来：

"大楼外面，书堆得像山一样高。那是什么？"

大楼外面？女人保持着她的微笑，把头向左偏了30度。"表面上的恭维说的就是这种情况啊。"林太郎心想。但现在没有时间在这里感叹。

"我说的是大楼外面，书被很粗鲁地……"

"哎呀，客人您刚才在外面走动吗？那真是太危险了。您没有受伤真是太好了！"

把手放在胸口皱着眉头，全心全意地做出十分担心的样子。

莫名的疲劳一点儿一点儿地涌现。林太郎叹了口气，橘猫用冷静的声音对他说道：

"放弃吧，第二代。不管怎么看，这个女人都不是谈话的对象。"

"我想也是，不过……"

林太郎耸了耸肩，女人再次告知他：

"请问应该如何称呼阁下？以及今天到访的目的？"

提问的语气没有一丝感情色彩。即便如此，林太郎依然思考了一会儿，才做出回答：

"我的名字是夏木林太郎。到访的目的应该是……见你们的社长。"

对于林太郎这样没有准谱的回答，女人彬彬有礼地鞠了一躬，立刻走到接待处台前，拿起电话听筒，一番通话后很快回来并鞠了一躬。

"让您久等了。社长说可以见您。"

"现在？"

"当然。因为您是难得的客人。"

女人说完并没有等林太郎的回答，往前走了出去。

完全搞不懂这是做事机敏还是不得要领。究竟有何意图，还是根本和意图、见解不相关，林太郎无从得知。但总算能从这没有结果的对话中解放出来了。

"随便接见突然造访的客人，难道是一位性格直率的社长？"

"你在瞎说什么呢？"

柚木凑到他耳边说道："说到社长，那肯定是个性格恶劣的秃头胖子。要是掉以轻心的话，你会吃大亏的。"

感觉自己败给了柚木毫不留情的偏见，总之林太郎先跟随女人的脚步往前走去。

女人把他们带到了一条没有装饰、笔直的通道。脚边是打磨光亮的黑色花岗石，林太郎他们的样子如倒映在镜子中一般。没有一粒灰尘的纯黑通道中央，与之相对照的是一条鲜红的绒毯笔直地铺开，女人脚步匆匆地走在绒毯上。

走了一会儿，女人毫无预兆地停下并回过头。

"从这里往前走，有其他人为您带路。"

红色绒毯前方站着一个穿黑色西装的男人。

男人把头埋得很低很低地鞠了一躬，与其说是礼貌，不如说是有点儿过火。

"前方不能携带包或者随身行李。"

男人用毫无起伏的声音告知。

根本用不着他说，林太郎他们并没有携带任何随身行李。男人把该说的话说完后，也没有跟着做任何检查，很干脆地一转身迈步走去。林太郎和柚木互相看了看对方，跟在男人后面继续往前走。

走了一阵子后，这次前面又有一个穿蓝色西装的男人站着。

西装的颜色虽不同，但动作和穿黑色西装的男人并无两样，同样深深地低下头。

"前方将无法携带权威或头衔。"

男人连眉头都没有皱一下地说了这样一句话。

说完该说的话，和穿黑色西装的男人一样，他干脆地转过身迈步向前走去。

"这是在开什么玩笑吗？"

"若是能听懂玩笑的对象也不坏啊。"

橘猫的回答，透露着不太安稳的内心。

跟着穿蓝色西装的男人走着走着，终于有一位穿黄色西装的男人在等候。

"前方将无法携带恶意或敌意。"

对方说了这样的话。

连林太郎都没有再一一吐槽了。

跟着穿黄色西装的男人继续前进，忽然走出了通道，来到了大堂。

林太郎和柚木几乎同时发出了轻声的惊叹声。

圆筒状的广阔空间，头顶高到看不清天花板。环顾四周，从大堂的各个地方有许多楼梯朝向头顶的方向，无规律地生长着。它们在上空复杂地交错，重重叠叠，形成了蜘蛛巢穴一般的空中回廊。

有一种远观精密宇宙船内部骨架的心情。

"这么长时间，辛苦各位了。"

黄西装男说后，示意前方。

红色绒毯延伸至大堂中央，那里有一部直通头顶的庞大电梯。电梯两侧站着穿红色西装的男人，林太郎等人走近后，和前面的那些西装男一样，他们有礼貌地深深地低下头。同时电梯门开了，四方形的玻璃空间展现在眼前。

"社长在恭候各位。请乘坐电梯。"

男人用平和的语调催促道。林太郎他们刚要走进电梯，红西装男迅速地阻挡在橘猫面前，恭敬地低下头。

"非常抱歉，从这里开始将不能携带猫、狗入内。"

如同机械一般的声音，冰冷地在耳边响起。

林太郎和柚木都很吃惊，而橘猫却并不慌张。不仅如此，橘猫用锐利的目光制止了正要提出抗议的林太郎。

"我说过了，这次的对手很棘手。"

林太郎依然想要说些什么，橘猫并没有理会，它把目光转向柚木。

"有你在真是太好了。让这个靠不住的第二代一个人去的话，我其实也有些不放心。"

"……也许我来这里就是为了现在这种情况吧。"

柚木脸上露出苦笑，橘猫翡翠色的眼睛里掠过一丝浅浅的笑意，像是为了打断这简短的对话一般。

"请按下最上层那个按钮。"

红西装男的声音，夹杂着一种不容分说的魄力。

说什么最上层按钮，这里面根本只有一个按钮。一块很大的金属板正中央，专门写着"最上层"。

也就是说，没有回来的按钮。

"像是在说，做了了结之后凭自己的力量回来。"

林太郎轻轻地叹了一口气，接着看向了外面的橘猫。

在片刻沉默后，林太郎安静地告诉橘猫：

"我去去就回，搭档。"

"靠你了，第二代。"

好似被橘猫不带一丝动摇的声音从背后推了一把，林太郎按下了"最上层"的按钮。门迅速地关闭，电梯伴随轻微的震动开始滑动。

滑动的电梯将红西装男和橘猫远远地抛在视线下方，随即钻进了铺张在空中的回廊。电梯四周被无数交错的直线构成的几何学立体构造包围，电梯在其间加速上升。

在视野范围内，横竖铺张的楼梯上一个人影都没有，好似一幅大型立体画。

"幸好没叫我们去爬楼梯。估计爬完那些楼梯后，骨头都会断的。"

终于林太郎开口了，他小声地说道。

柚木察觉到，这是林太郎为了驱赶令人抑郁的沉默，拼命想出的一句玩笑话，她微微地笑了。

"没想到心里会这么不安。"

"虽然橘猫说话恶毒、莫名自信外加一副特别了不起的样子，但比起它不在的时候还是有它在身边更能消愁解闷啊。光秃秃的山上多一棵枯木也是好的啊，所谓'聊胜于无'。"

"枯木听了可是会生气的。"

两人相视一笑。

电梯外面，渐渐变得昏暗起来。明明是在建筑物里面，但看上去像是夕阳逐渐落下一般。窗外复杂的几何构造物沉入了黑暗，视野变得昏暗、不可见，电梯究竟是在继续上升还是停止了动作，都无法明确地辨别出。

"我一开始觉得就算回不去也挺好的。"

林太郎几乎是无意识地说出了这句话。

柚木没有说话，看着他的侧脸。

"一开始被那只不可思议的猫带来的时候，我心想着如果这是梦的话，就这样继续在梦中不醒来也不错；如果不是梦的话，回不去也没关系。"

林太郎轻轻地用手扶了一下眼镜框，调整了一下眼镜的位置。

"但是自那个家伙出现，我开始思考各种各样的事情。感觉眼前看到的东西发生了一些变化。"

"从敷衍了事的性格变得懂得积极向上了，我觉得是好事。"

听了柚木没有顾虑的话语，林太郎露出了苦笑。

"我承认我是消极的性格，但我不想让班长陷入危险的心情也是真的。"

"夏木的台词，怎么说呢，有时让我觉得像是在追求女孩子，还是说这是读太多书导致的？"

"我重新说一次。我想说的是，把你卷入奇怪的事情里面我觉得很抱歉。"

"这种话就叫作多余的关心。其实我挺享受的。而且还见到了夏木令人意外的一面。"

"令人意外的一面？"

"没什么。"

柚木若无其事地回答道，然后又大声笑了起来。

柚木的脑海里浮现出的是，林太郎在不可思议的地下研究室里，大大方方和白衣学者论战的模样。对柚木而言，这幅情景给了她强烈的冲击，当然林太郎自己并没有意识到。

林太郎刚想问柚木说的是什么事，忽然感觉到电梯在减速，还没来得及反应过来是怎么回事，电梯便停住了。

门毫无声响地打开了，外面是一片昏暗的空间。因为周围是昏暗的，所以不知道这里究竟有多大。铺在中央的红地毯，如同为他们指明去路一般，向前方笔直地延伸着。前面是一扇刻有几何图案的厚重木门。

煞有介事又有庄严感的门。

"靠你了，夏木。"

"就算你这么说，我也……"

"没事。"

柚木用冷静的声音鼓励着士气低迷的林太郎。

"夏木，我觉得你其实比自己想得更有胆量。特别是关于书的事情，完全没有胆怯的必要。就连秋叶学长都自叹不如。"

突然的登场人物让林太郎有些疑惑。

"秋叶学长？"

"他在学校经常称赞你。虽然他人有些轻浮我不太喜欢，但他不是那种会撒谎的人。"

柚木的话语就像万里无云的冬日晴空一般清爽。

林太郎心里有一种温暖的东西在一点点扩散开。说那是勇气，好像有点儿夸张。但那一定是孕育出勇气源泉的一种情感。

柚木白皙的手拍了拍林太郎的后背。

"你可得好好地带我回家。"

拍打后背的手，往前迈出的腿，脚底柔软的绒毯。

说心里没有一丝不安，那是骗人的。

但是这次不同。林太郎看向了前方。

这次一定要往前走，说不出理由但林太郎确信着。

他深深地呼出一口气，笔直地往前迈出了步伐。

"你还真是喜欢书啊。"

秋叶良太大大咧咧的声音，传进了林太郎的耳朵。

那是林太郎刚进入高中，和优秀的高年级学生认识不久时发生
的事。

面对隔三岔五跑来夏木书店、比自己高一年级的学长，林太郎总
是保持着一定的距离和他相处。

毕竟对方可是篮球部的王牌兼学生会成员，同时还保持着年级第
一名的优异成绩，非常人可比拟。对把自己关在祖父的旧书店勉强度
日的林太郎而言，他们是两个世界的人。

如此厉害的高年级学长为何会专门跑到夏木书店来，林太郎曾认真地问过秋叶。

"那当然是因为这里的书不错啊。"

秋叶用一副"干吗事到如今才问这个"的语气回答道。

看到林太郎一脸不可思议的表情，秋叶有些无语："要是待在这家书店的你不明白这家书店的厉害，老爷子的努力不就白费了吗？"

秋叶一边说着这样的话，一边热情地讲述着夏木书店的魅力。

这里陈列着被誉为世界名著的书籍。不管哪一部都是经历了漫长岁月的特别之作，但这样的书在街头巷尾的普通书店中不断消失，想要弄到手实际上不太容易了。

"然而只要来到这里，基本上都能找得到。"

"咚"的一声像敲门似的，他轻轻地敲打了一下眼前的书架。

"没有安德森、约翰逊的书，也是没办法的，最近有的书店连卡夫卡、加缪的作品都变成了绝版，好好放着莎士比亚的书的书店都很少了。"

要问原因，答案很简单。

"因为不好卖啊。"

短得令人沮丧的回答。

"书店不是做公益的。书卖不出去的话，书店就开不下去了。所以不好卖的书渐渐消失了。在这种世道中，这家书店却像是专门从不好卖的书开始陈列似的，厚重而又有分量的书列。虽然也许正因为是旧书店书才能这么齐全，但不管怎么说，只要来这里，除了相当稀有的书籍，名家代表作基本上都能买到。"

秋叶咚咚地敲着书架的木框说道。

"而且这里还有一项福利，"秋叶忽然抿嘴一笑看着林太郎，"这儿还有一位对庞大且颇有难度的藏书了如指掌的导购。"

"导购？"

"话说邦雅曼·贡斯当的《阿道尔夫》是放在哪里的？前阵子在网上看到，说这部小说挺有趣的。在别的地方一直没找到。"

"有那本书啊。"林太郎点了点头，从有些靠里面的书架上拿出了陈旧小巧的中篇小说。

"邦雅曼·贡斯当创作。因为独特的心理描写而有名的作品。我想应该是 19 世纪初的法国。"

秋叶没有立刻伸手去接林太郎递给他的书，而是感觉有些奇怪地看看书又看看林太郎。

最后他终于忍不住很开心地大声笑了。

"你还真是喜欢书啊。"

那是与夏木书店不相符的开朗笑声。

"欢迎来到'世界一番堂书店'。"

推开巨大的门的一瞬间，室内响起悠扬的声音。

虽说是在室内，但至少有学校的教室那么大。

天花板上悬挂着巨大的水晶吊灯，整个地上铺满了让人几乎完全听不到脚步声的厚绒毯，四面的墙壁全部被鲜红的窗帘占据。

整个空间无处不散发着高级感，豪华而奢侈。在空间的最深处放着一张光泽鲜艳且巨大的桌子，桌子对面有一个人影。纯白色的头发令人印象十分深刻，是一位身形偏瘦的中年绅士。

他缓缓地把身体靠在黑色办公椅上，穿着笔挺的西装三件套，双手交叉于桌上，投来温和的目光。

"和想象中的不一样。"

柚木窃窃私语。

"既没有秃头也不肥胖的社长简直太奇怪了。该不会是装成社长的样子，其实就是个劳苦的中间管理层吧。"

听到这番完全是偏见的评论，林太郎露出了苦笑。柚木这种毫不客气的性格，和林太郎简直无缘，光是看着都觉得耀眼。

椅子上的男人，举起了右手做欢迎状。

"请进。我是本社的社长。"

社长转动举起的右手，示意眼前的沙发。看样子是让两人坐下，但两人看到这由蓬松毛皮包裹的、用料十足的豪华沙发，都有些胆怯而不敢坐下去。社长倒并没有特别在意。

"专程来访，实感荣幸。到这里来的路上一定很辛苦吧。从入口过来相当遥远，而且安保也颇为严格。"

"我们被告知，我们重要的友人不能进入这里。"

"啊，啊，"社长眯起了白色眉毛下的眼睛，"那真是抱歉。我本人讨厌猫，所以……"

"是不太会和猫相处吗？"

"不，是讨厌。尤其是头脑聪明的猫。"

柔和的笑脸，微微扬起的嘴角，像是亮出刀锋的光芒一般投出的话语。林太郎的身体不由得僵硬了，不知道社长究竟注意到了这一点还是没有注意到，至少从社长表面上看不出任何变化。

"对来自夏木书店的客人来说这样可能有些失礼，但只有这一点实在是很抱歉。"

"您知道夏木书店？"

"当然，"社长抚摩着尖细的下巴，"不就是那间如今把书卖都卖不出去，晦涩的书籍又堆得像山一样高，沉浸在自我满足里面，过时而又邋遢的旧书店吗？不需要肩负义理人情，也不需要承担责任重压，无拘无束真令人羡慕啊！"

社长微微一笑。

这是突袭，也是切切实实的宣战。

唐突的话语让柚木打了个趔趄，然而林太郎并没有胆怯。

男人微笑的背后，从一开始就有种微妙而不安稳的空气在流动，林太郎凭直觉感受到了这一点。况且从他赶走好搭档橘猫的那一刻开始，就能预想到对手不是省油的灯。

面对摆好架势的林太郎，社长用表面平和的语调和表情继续说道："从这么离奇古怪的旧书店远道而来的客人，我自然是兴致勃勃地在此恭迎。我一心想着究竟会说出何等妄言呢……"

"您最好重新设计一下房间的内饰。"

忽然从林太郎口中冒出的话语，让男人一时无从应对。

"内饰？"

"闪亮得让人头疼的水晶吊灯，还有光是看着就热得慌的绒毯，这种向客人卖弄的态度，除了恶趣味什么都不是。如果您不是开玩笑的话，还是趁早换掉吧。"

社长脸上依旧挂着笑脸，但白色的眉毛轻微地抖动了。

然而林太郎的话还没有说完。

"对您出言不逊真是有些失礼了。但是，当面对那些行为可笑的人的时候，就算会招来对方的敌意，也应当好好地告诉对方才是问心无愧的做法。这是祖父告诉我的。实在是太糟糕了，所以有些看不下去了。"

"喂，夏木……"

听到柚木制止的声音，林太郎终于闭上了嘴。

他自己也觉得，这种气势汹汹要吵架的样子并不适合自己。

这种带有攻击性的态度并不是自己的本性，虽然不起眼也不够体面，但一点儿一点儿地讲道理展开话题，他明白这才是自己擅长的。而且这样才是稳妥且富有建设性的。因为被嘲笑的不是自己，而是夏木书店。

中年社长纹丝不动地呆了好一会儿，终于轻微地叹了一口气。

"看来是我判断失误。没想到夏木书店也有如此气概的少年。"

"气概什么的我不懂。我只是喜欢书罢了。"

"原来如此。"

社长落落大方地点了点头。

点头之后，稍做思考，这次却轻轻地摇了摇头。

"你喜欢书？这可不好办哪。"

像是自言自语一般说道，社长伸出纤细的手臂，咔嚓一声按下桌上巨大的按钮。刚一按下，便响起了某种低沉的机械声，遮住墙壁的鲜红色窗帘缓缓地拉开了。

除了林太郎他们背后那面进入房间时走过的墙壁，其余三面墙壁一起动了起来，室外的光线立刻照进了室内。

一开始林太郎因为耀眼的光线而微微闭上了眼睛，没能够准确地把握眼前的状况。

林太郎他们所在的地方似乎是超高层大厦里三面有窗户的一个房间。从窗户可以望见，周围还有几座相似的巨型高楼。

从大楼的每一扇窗户大量地吐着某种白色的东西，像雪花一般飘落在地面上。

当眼睛终于开始适应光线的时候，林太郎听见柚木"啊"的一声惨叫。与此同时，林太郎也看明白了窗外的这番情景，倒吸了一口气。

半空中像雪花一样抛撒的东西，从无数的窗口抛出，在空中飞舞，源源不断地向着遥远的地表落下。那些全都是书。

从大楼的窗户被扔出无数本书，被风左右着，摇摇晃晃地散落在大地上。根据地点的不同，大楼有些地方好似被暴风雪遮挡一般模糊不清。假如那些全部是书的话，那将是超乎寻常的数目。

不仅是半空中，往下一看，出现在眼前的又是一番令人难以置信的景象。放眼望去，目光所及之处，由成千上万本书堆积而成的荒野在地表蔓延。

林太郎和柚木看得目瞪口呆，离窗户很近的地方，好像伸手就能够着那么近的地方，忽然有书掉落下去。也就是说，林太郎他们所在的大楼中，也有书籍正被扔掉。

"你们知道这是什么吗？"

社长面带和蔼的微笑，抛出了一个问题。

"我不知道。我只知道这是非常可怕的景象。"

"这是当今的现实世界。"

林太郎说不出话来。

"这些建筑物是当代第一的大出版社，每天朝向那片大地，出版着多如星辰的书籍。"

"可这看上去像是在毫无意义地吐出纸张，增加垃圾。"

"这就是现实。"

社长继续回答。

"这里是天下的出版社。每天出版堆积如山的书，向社会抛售这些书，用从中获取的利益继续出版更多的书，然后再次抛售。不断地抛售，积攒从中获取的利益。"

社长的手上有一枚华丽夺目的戒指，他的手像是模仿窗外落下的书似的，在空中翩翩起舞。

林太郎拼命地试图理解现状，但这并不容易。

忽然他想起，来到这座大楼的路上看见的无数杂乱堆积的书。那诡异的情景，以及眼前落下的无数本书，还有男人无比冷静的声音，束缚了林太郎的思考，他被一点儿一点儿地拖进了困惑与迷惑的沼泽地。就连前台女人告诉他们从外面走来是很危险的这件事，现在回想起来，都带着几分奇异的滑稽。

"就算把这当成玩笑，也并不好笑。书不是拿来扔的，而是拿来读的。"

"你真是天真哪。"社长随手从桌上拿起一本书，"书是消耗品。我的工作是，如何让世间有效率地去消费这些消耗品。如果喜欢书的话，就无法胜任这份工作。毕竟……"

社长突然轱辘地转动黑色椅子，推开了身旁的窗户，一脸索然无味地把手里的书扔了出去。在窗外飞舞的书，好似一瞬间想起了什么事情，在半空中突然打开了，随后便立刻消失在了视野里。

"这就是我的工作。"

林太郎忽然明白了橘猫所说的"最后一位对手，和之前的两人稍有不同"这句话的意思。

在之前的迷宫遇到的两个人，不管他们有多异样，他们都是喜欢书的人。他们是爱着书的人。然而眼前的这个男人，看上去对书一点儿爱意都没有。岂止是没有爱意，完全是把书当作无异于垃圾的东西来对待。

捉摸不透，说的就是这种人吧。

"没事吧，夏木？"

忽然听到的声音，来自柚木。

往身旁一看，同班同学正用力地看着他。

林太郎点了点头，再次面向坐在黑色办公椅上的男人。

"我是受一位友人的托付，来此解救书的。"

"解救？"

"没错。我想它的意思大概是让我阻止你。"

"真是愚昧之言。我刚才也说过了，这是我的工作。这不是什么解救不解救的问题。"

"但是你把书当成纸屑一般对待。如果制作书的人是这样的态度，那也无法向读书的人传达什么了。就算没有这样的事发生，原本读书的人已经在减少了。如果和你同样立场的人是这种态度的话，人们的心会离书越来越远，读书的人不是也会减少吗？"

林太郎气势逼人，而一头白发的社长好一会儿都没有任何动静。

白眉下的眼睛，缺乏感情的起伏，读不透他的想法。嘴角挂着平和的微笑，酝酿出一种让人更加无法揣摩的气氛。

片刻沉默之后，突然社长瘦弱的肩膀微微地颤抖了。微小的颤抖逐渐变成了大幅地摇晃，像马上就会爆发似的，社长大声地笑了起来。

"哈哈哈"，干瘪的哄笑声传到了房间的每一个角落。

在目瞪口呆的林太郎和柚木面前，笑了一阵后，社长像是在努力止住自己的笑意似的，左手扶着头，右手敲了两三下桌子之后，做出好不容易克制住了的样子开口说道："你是傻子吗？"虽然混杂着笑声，但语气是不屑而冰冷的，"不，光把你说成是傻子，这不太好。你刚才的言论中的误会，散布于这世间，随处可见。"

"误会？"

"没错，误会。要说起误会了什么，那就是书不好卖这一点。"

"哈哈哈"，社长再次高声地笑了，接着说：

"现在这个时代，书卖不出去什么的，只是妄言。书非常好卖。就在此时此刻，'世界一番堂书店'今天也盛况空前。"

"您这是在讽刺吗？"

"并非讽刺，这是事实。要把书卖出去是非常简单的一件事。只需要牢牢把握一条单纯的原则。"

社长愉悦地望着被克制住而一言不发的林太郎，像在公布压轴魔术的秘密一般，小声地、悄悄地告诉他们：

"这条原则就是'卖好卖的书'。"

真是奇妙的一句话。

奇妙，但其中隐藏着怪异的语气。

"没错，"社长微笑了，"这里不是为了传递什么而出书的地方。这里出的是'社会需求的书'。应当传达的信息、应该传给后世的哲学、残酷的事实和晦涩的真理，这些东西都无所谓。社会不需要这样的东西。对于出版社所必需的，并不是'应当向世界传递什么'，而是了解'世界希望出版社传递什么'。"

"大概……您所说的是非常危险的东西。"

"能发现其中的危险，看来你很优秀。"

社长笑着拿起桌上的香烟，悠悠地点燃。

"然而这是真理。实际上这就如本社预想的那样，不断创造出利益。"

无数的书无声无息地从缭绕的烟雾对面飞舞坠落。

"既然你是在'夏木书店'长大，应该知道，当今世上的人们太忙了，既没有欣赏厚重的著作和文学的时间，也没有那个闲钱。但作为社会身份的读书，还是相当有魅力的。所以无论是谁，都热衷于用看似深奥的书，来尽可能地点缀自己寒酸的履历。我们思考着这些人需要的是什么，然后再制作出书。"

"也就是说——"社长突然伸长脖子。"庸俗的要约和概要，像不要钱似的好卖。"

哈哈哈，社长很开心似的摇晃着肩膀笑着。

"只不过，对仅仅是在寻求刺激的读者来说，露骨的暴力、性行为描写才是最好的。对于缺乏想象力的人，随便加上一句'真实发生的事情'，仅此而已发行数量便会倍增，销售额噌噌地往上涨，可喜可贺、可喜可贺。"

林太郎胸口感觉恶心。

"对于那些无论如何都不会把手伸向书籍的人，那就把单纯的信息列成条。比如成功所需的五个条件，出人头地需要的八点什么的。那些人到最后也不会发现，正是因为自己在读这样的书才无法出人头地。不过，卖书这一最大的目的却是成功地达到了。"

"请你不要再这样做了。"

"不，我会继续。"

社长回答的声音毫无感情，让人觉得仿佛室温骤然下降了两三摄氏度。

林太郎之所以察觉到这令人毛骨悚然的寒气，是因为额头上隐隐约约冒出了汗水。

社长略微转动椅子，从斜面看向了林太郎。

"你觉得有价值的书和世间需求的书之间，有着相当的不同？"

社长眼神中掠过一丝怜悯。

"你好好回想一下，有客人来到夏木书店吗？如今有人读普鲁斯特、罗曼·罗兰吗？有人花大价钱买那样的书吗？大多数读者从书中希望得到的是什么，你应该知道吧？通俗易懂的东西、价格低廉的东西、有刺激性的东西——书不断改变样貌，变成那些读者需求的东西，除此以外别无他法。"

"那样的话……"

林太郎拼命地寻找语言。

"书会越来越贫瘠。"

"贫瘠？真是有趣的说法。然而这样富有诗意的说法，并不意味着书就会好卖。"

"畅销并不代表一切。至少爷爷把自己的做法坚持到了最后，没有妥协。"

"那么应该列出一堆卖不出去的书，和世界名作殉情吗？就像夏木书店那样。"

林太郎皱起了眉头，狠狠地瞪着社长。

然而除此以外，他什么都不能做。

"真理也罢，伦理也罢，哲学也罢，没有人感兴趣。大家疲惫地忙碌于生计，仅仅一味地追求刺激和治愈。在这样的社会中，书为了留存下去，只有改变它的样貌。我就斗胆说一句吧，畅销才是一切。不论什么样的杰作，卖不出去就只能消失。"

林太郎觉得有些头晕，用手扶了一下额头。接着用手轻轻地摸了摸眼镜框，但并没有像平时那样浮现出有条有理的思考。对方所说的话，太出乎林太郎的预料了。

若是谈论书的魅力或者价值，不论说多久、说多少林太郎都可以奉陪。

然而眼前的这个男人所提出的书的价值，是林太郎从来没有思考过的东西。从一开始双方所注视的世界就是截然不同的。

"没事的，夏木。"

忽然传来柚木的声音。

林太郎感到左边手臂有很强力的气息，往旁边看了一眼。不知何时走到林太郎身旁的柚木，紧紧地抓住了林太郎的手臂。

"没事。"

"可我感觉自己不太像没事一样。"

"那样也没关系。"

柚木目不转睛地盯着桌子对面的男人，毫不动摇。

"他说的话很奇怪。这一点是没有错的。"

"我也觉得很奇怪。但却不无道理。"

"这不是道理不道理的问题。"柚木很肯定地对林太郎说道，"我不太懂道理和理论什么的，但他说的话是不正常的。"

忽然灵光一现，林太郎看了一眼柚木的侧脸。

同时，脑海中回响起橘猫说过的话。

"在这个迷宫之中，真实的力量是最强大的。但并非全部为真，一定有某处是谎言。"

正是如此——林太郎点了点头。

男人过激的语言，让林太郎一度迷失。的确很有冲击性，但其中却飘浮着奇特的违和感。

林太郎再次用手扶住眼镜框。

"思考是无用的，夏木林太郎君。"

耳边响起社长悠悠的声音。

伴随着他的声音，浓厚香烟的氤氲腾腾而上。

"你还年轻，会有不想面对现实的时候。但我悉知这世间的规律。决定书本价值的不是你到底有多感动，而是发行数。也就是说在现代，金币才是一切价值的裁定者。忘记这条规律而一味追逐理想的人，只会渐渐地脱离社会。虽然这是非常悲哀的事情。"

谆谆教诲一般，拥有一种独特的厚度的声音。

很明显他是想要阻碍林太郎的思考。但是如同支撑着那缥缈的思绪一般，柚木的手紧紧地抓住了林太郎的手臂。

社长安静地笑了。

林太郎拼命地思考。

想了又想，刚以为取得了一丝进展时，立刻传来了社长的笑声和令人不愉快的烟味，如同浓浓的雾霭般侵入。即便这样，林太郎仍在努力拨开雾霭，继续前行。唯有停下这件事，是他绝对不会去做的。

"的确，夏木书店是一间有些与众不同的旧书店。"

林太郎看着坐在庞大书桌对面的、占据压倒性优势的对手。

"客人很少，书也不怎么卖得出去。但夏木书店是一个特别的地方。"

"有一个词语叫作'失望'。"

社长非常刻意地左右摇头。

"这个词非常能描述我现在的心情。你个人的感伤，对我毫无意义。"

"这并不是我个人的。来书店的人和我都感觉到了同样的东西。那间小小的旧书店，可以感受到爷爷倾注在那里的某种特别的感情。只要跨过门槛，不论是谁都能感受到。正因如此，那里是一个特别的地方。"

"你所说的事笼统而主观。光凭这样是无法让任何人信服的。如果可以的话，能否请你稍微详细地讲述一下你爷爷那特别的感情？"

"没有讲述的必要。因为和你是相同的。"

林太郎极为安静地扔出了这句话，社长停下了一切动作。之后，好一会儿都没能做出任何动作。

从社长指尖升起的香烟，慢慢地变细，直到断线。

社长微微地闭眼，眼睛变得细长，翕动嘴唇说道：

"我不太明白你所说的话。"

"你在撒谎！"

男人的白色眉毛，微微抖动了。

"你刚才说，书是消耗品。你说，嘴边挂着'我喜欢书'这样的话，是做不了你这份工作的。"

"是的。"

"你撒谎了！"

林太郎的声音强而有力。

烟灰零零散散地掉落在烟灰缸中。

"你刚才说了，为了留存下去，书只有改变样貌。这难道不是因为你希望书留存下去吗？如果仅仅把书当作消耗品的话，是不会说出这样的话的。"

"真是牵强的理由。"

"重要的正是这些牵强的部分。如果你只是把书当成普通的纸屑，这样的工作辞掉不就好了。然而你倾尽全力让书转变成能够留存下来的形态。你是喜欢书的，所以才拼命地坐在那个位置。和我爷爷一样。"

林太郎的声音中断的同时，沉重的寂静降临了。

室内鸦雀无声，除了偶尔听到的书本掉落的声音，其他什么响动都没有。散落的书明显数量在减少。

社长时不时注视着林太郎，终于缓慢地转动椅子，望向窗外荒凉的景色。

"这种事无所谓。"

好不容易吐露的话，却是这样一句。

"论点是不可以改变的。不管我对书是什么样的感情，都不得不正视现实。书变得贫瘠。人们涌向贫瘠的书。面对涌来的人群，书努力回应。这个循环已经无人能够阻止了。不管你爷爷倾注了多么特别的感情，来夏木书店的客人越来越少，这难道不是比什么都更有力的证据吗？"

"你不要说些自顾自的话。"

房间里传来一阵爽朗的声音。

社长和林太郎同时看向了声音的主人。

站在林太郎身旁的柚木，用平日里那充满活力而又精神的声音说道：

"说什么夏木书店的客人一直在减少，我希望你不要单方面地下定论。那家店可是有秋叶学长这种性格不怎样但头脑聪明的常客，现在我也是常客中的一人。"

并非需要如此昂首挺胸地说出来的话。尽管如此，那个声音不论何时都是那么清凉，没有一丝迷惘。

"可是，"社长没有动摇，"这点儿生意并不能赚钱。不畅销的话就没有意义了。书店不是做慈善事业的。"

"那你要赚多少才满足呢？"

"多少？"

听到林太郎令人意外的问题，社长轻轻地睁开了眼睛。

"爷爷常说，一旦聊起金钱的话题就没有止境了。他说，有了一百万就想要两百万，有了一亿就想想要两亿。他还说，不要聊钱的话题，今天我们来聊聊书的话题。我也并不认为书店不赚钱也可以。但我认为我知道有和赚钱一样重要的事情。"

把浮现在心头的话语，一点儿一点儿地打捞上来，再说出来。不是要驳倒对方的态度，也不是说教的语调，仅仅是为了传达心意的对话。

"你是制作书的人，不管发生多么不称心如意的事，也不能说出书是消耗品这样的话。你应该认真地大声说出来，说自己是喜欢书的。"

"不是吗——"林太郎问道，社长一动不动地注视着他。

社长用手肘支撑在桌上，交叉着手指，仿佛在注视什么耀眼的东西似的，把眼睛眯成了一条缝儿。

"假设我说出来，会有什么改变吗？"

"会。"

林太郎的回答很敏捷。

"一旦说出自己喜欢书，就再也做不出自己不喜欢的书了。"

社长轻轻地睁开眼，微微地努了努嘴唇。

林太郎花费了一些时间才发现，那是苦笑。

不知何时，已经看不见窗外飘落的书了。仿佛时间静止了一般，一切皆在寂静之中。

"那样会活得很辛苦。"

终于做出回答的社长，从正面注视着林太郎。

"我想一边说着书是消耗品这样的话一边坐在那里，也很辛苦。"

"原来如此……"

社长喃喃地说着，这时房间的门突然打开了，前台的女人出现在眼前。

"差不多到时间了。"女人说道，社长轻轻地抬起一只手让她退下了。

社长继续保持沉默，一动不动。终于他慢慢地伸出右手，向他们示意大门。女人刚从这扇门出去，厚重的门这次毫无声音地向左右两侧打开，通往电梯的红毯进入了视线。

不言不语。

林太郎和柚木互相看了一眼对方，静静地背向桌子，刚准备走的时候，从背后传来一声："祝你好运，少年。"

林太郎回过头，看向坐在桌子对面的男人。

白色的眉毛下闪着光芒的双眼，还是那样读不出情感，眼里充满了安静的光芒与林太郎对视着。

停顿了一秒后，林太郎回答道：

"你也是。"

这样的回答，大概社长并没有预料到，他轻轻地睁开眼，这次嘴角非常明显地缓和了。

苦笑，看上去出乎意料的温柔。

"辛苦了。"

被青白色光芒包围的书架走廊中，响起了熟悉而低沉的声音。

走在前面的橘猫，转过头看着林太郎他们。

"看来进行得很顺利。"

"说不上来，总之社长笑着送走了我们。"

"那就够了。"

橘猫点点头，无声无息地往前走。

青白色的光填满两侧墙壁的无数书籍，星星点点的吊灯，不可思议的光景，如今也已经习惯了。在橘猫的带领下走过熟悉的通道，林太郎他们到家了。

简短的几句话，当作对两人的犒劳，橘猫像断了气似的闭上了嘴，沉默地继续走。这段沉默道出了许多。

"你之前说这次就结束了，对吧？"

林太郎有些顾虑地开口了。

"没错。"橘猫回答道并停下了步伐。不知不觉他们已经到了夏木书店。漫长的归途令人难以置信就这么简简单单地结束了。

橘猫一直带着两人走到了店里，接着一转身，从林太郎和柚木脚边穿过，回到通道。

没有特别的道别。林太郎不自觉地开了口：

"要走了吗？"

"必须走了。"

橘猫回过头，深深地低下头。

"多亏了你许许多多的书才得以解放。我向你表示感谢。"

橘猫身后是一片青白色的光芒，低着头，一动不动。

这幅光景是如此脱离现实，却传达着无比真挚的情感，林太郎没有回应的话语。

"你凭借自己的力量突破了三个迷宫。我的使命到这里就结束了。"

"你说结束了……再也不会见面了吗？"

柚木慌张地插嘴问道。

"不会见面。也没有见面的必要。"

柚木很想说"但是"，她看向了有些困惑的林太郎。他一言不发地站在那儿，终于长长地叹了一口气，同时开口说道：

"如果这真是道别的话，我想说一句话。"

"有什么话都可以说。怨言也好，狠话也好，无须顾虑。"

"不是什么大不了的话。我只想说一句'谢谢你'。"

说完林太郎低下了头。

出乎意料的一句话，让柚木和橘猫都十分震惊。

"这是精心设计的讽刺吗？"

"怎么会？"林太郎苦笑着抬起头。

"虽然你没有说，但我知道。"

"你知道？"

林太郎对着满脸诧异的橘猫，缓慢地点了点头。

"你出现在我面前，告诉我你的目的是解放书。你告诉我，为此需要借助我的力量。但是，事实上我觉得不是这样。"

听了林太郎的话，橘猫没有任何动作，仅仅是用翡翠色的眼睛注视着他。

"在爷爷去世那天，我觉得什么都无所谓了。没有父亲也没有母亲，连爷爷都不在了，简直太不公平了，我厌倦了一切，自暴自弃。这时你突然出现在我的身边。"林太郎有些不好意思地挠挠头，"如果你没有来到我的身边，我也不会像现在这样笑着站在这里。虽然你说想要借我一臂之力，但其实得到帮助的人是我。"

林太郎对视着猫，停顿了一个呼吸，接着说道：

"我把自己关在店里，是你硬把我拽了出来。谢谢你。"

"把自己关在书店里也没关系。"猫用低沉的声音说道，"老夫担心的是，你把自己关在'自己的躯壳'里。"

"自己的躯壳？"

"把躯壳打破。"

低沉的声音，仿佛一直传到了内心最深处。

"勿要屈服于孤独。你不是一个人。有许多友人在守护着你。"

真是不可思议的语言。

毅然决然的声音，同时也是温暖的道别。

林太郎把许许多多想问的事情吞进了肚子里，只是与它静静地对视着。

从祖父去世并没有过去太久。然而，在和奇妙的猫一起度过的这段忧郁的时光里，林太郎的生活中充满了朦朦胧胧的光亮。这才是这只不可思议的猫带来的最大的礼物。

不是诡辩。疑问一个都没有解决。况且说起疑问，连应该从什么开始问起都不知道。

"让我说一句，'谢谢'。"

"你能这样想很好。"

橘猫咧嘴笑了。

微笑的橘猫，优雅地致礼，接着柔软地转过了身体，跳进了淡淡光芒包围的书架通道，飞速地跑走了。

林太郎和柚木一言不发地目送它的背影。

橘猫没有回头。

橘猫融化在了青白色的柔和的光里。忽然回过神来，两人眼前理所当然地立着书店老旧的木板墙。

没有客人，门铃却清脆地响了一声。

第四章

最后的迷宫

爱用的威治伍德茶杯，倾斜的白色圆茶壶，一阵阿萨姆红茶柔和的香味。

　　再加上一勺砂糖，足量的牛奶。

　　用银色茶匙轻轻地搅拌，画出松散的弧线，慢慢扩散开的白色圆环彻底融化了。拿起茶杯往嘴边倾斜，真是无比幸福。

　　林太郎满足地点点头。

　　"越来越有技巧了。"

　　他指的是泡红茶这件事。

　　结束早晨书店的扫除后，沏一杯红茶是祖父每天的必修课。模仿着祖父的习惯，大约有一周了，林太郎觉得自己也变得有模有样了。

"林林！"

忽然传来尖锐的声音，林太郎回头看向门口。

背后是明亮的室外，和蔼可亲的圆脸妇人探出了头。

"今天是搬家日哦。都准备好了吗？"

果然还是叫我"林林"吗——林太郎苦笑着放下茶杯，走到门口。

婶婶裹着白色围裙，虽然年过五十，但圆乎乎又和蔼可亲的模样，给人的印象和言行举止都显得格外年轻。

今天似乎是阴天，但不可思议的是外面感觉十分明亮，是因为店里昏暗的缘故吗？婶婶散发的明朗气息，仿佛能把刺骨的冷空气都变成朝气。

"请问搬家的货车是下午到吗，婶婶？"

"哎呀，林林，"婶婶睁大了眼睛，"对婶婶就不要用礼貌语了，怪拘谨的。"

有话直说的婶婶，声音十分明朗，听起来一点儿都不讨厌。

往门外一瞥，婶婶的爱车菲亚特 500 停在店门口。婶婶往这辆小巧的外国车颇为艰难地钻进去的样子有些好笑，能让人打心底里感觉到温暖。

"我去买点儿东西，你有什么想要的吗？"

婶婶一边把圆乎乎的身体塞进小汽车，一边说道。

"我中午之前就回来，我会把午饭买回来的你不用担心。林林你好好在家准备。"

婶婶很有干劲地一句接一句地说着，林太郎苦笑着点了点头。不过婶婶却突然停下了正要转动方向盘的手，抬头看了看侄子的脸。

"有什么事吗？"林太郎问道。

"没什么，总觉得林林你看上去好像跟之前不一样了。"婶婶说道，"葬礼的时候，脸色可差了，像是会消失在某个地方似的，所以我很担心你。不过你不是我想象中的那么软弱。啊，我这是在表扬你。"

"我很好。"

林太郎努力做出开朗的表情。

"虽然不是一切都好，但我还好。"

即使听了这么不靠谱的回答，婶婶也开心地笑了。忽然婶婶惊叹了一声"啊",接着抬头看了看天空。

林太郎跟着一起仰起了头,微微睁开眼。

"下雪了!"

婶婶用颇为感叹的语气说道。

天空被灰色的云覆盖着,白色绒毛般的雪花大片大片地、悄无声息地飘落。没有阳光,但整片天空被耀眼的雪包围,周围竟然十分明亮。好几个路上的行人,停下脚步,稀奇地抬头看向天空。

"这种雪真好看。总感觉心里有些激动。"

婶婶能把这种少女般的发言毫无违和感地说出口,果然她有些特别吧。

"今晚我打算买蛋糕回来。你就期待一下吧,林林。"

"蛋糕?"

"真是的。今天可是平安夜哦。"

婶婶欢快的声音,把林太郎吓了一跳。

自祖父去世,林太郎完全忘记了去关注日历和时节。

忽然看向街头,街道上的树和住家的屋檐上闪闪亮亮的是平日里见不到的华丽灯饰。房子和人都把自己收拾打扮了一番，只有林太郎和夏木书店隔离在这节日的气氛之外，一点儿也不合群。

"还是说你计划和可爱的女朋友一起度过呢？"

"才没有呢。"

"我跟你开个玩笑。"

婶婶发出爽朗的笑声，颇有气势地点燃了引擎，轻快地说了一声"那就待会儿见咯"，驾驶着菲亚特 500 扬长而去了。

路上能看见驶过的快递摩托车，像是去参加社团晨练的高中生。平安夜对林太郎而言，并没有特别让他陷入感伤的回忆，也没有任何期待。熟悉的风景，今天也是最后一次看到了。一想到这一点，林太郎也无法做出漠不关心的样子。就连飘落的雪花也似乎有某种含义，一时间林太郎站在原地一动不动。

从祖父离开，才过了不到十天。按理说应该是很短暂的一段时间，但林太郎却感觉过了好久，这是因为最近有太多不可思议的遭遇。在这许许多多的记忆中，林太郎的脑海里全是橘猫最后抿嘴那一笑。

目送猫的背影离开是在三天前。在那之后是搬家的准备，如字面意思，转眼间就过去了。

这期间，橘猫没有再次出现过，夏木书店里面的木板墙，也一如既往是木板墙的模样。

柚木好像相当在意，往返学校、社团的时候路过书店便会喝了红茶再离开。虽然聊了一些现在正在读的司汤达的话题，但实际上应该很是在意那只神奇的橘猫。

要说林太郎自己并不在意，那自然是谎话。

大概就是这么一回事——这是林太郎亲身经历后明白的。不管发生了怎样悲伤的事情、痛苦的事情、不讲理的事情，时间都不会停下脚步等待林太郎。任由时间处置自己，即便这样也勉勉强强走到了今天。

林太郎不时抬头仰望下雪的天空，终于恢复了情绪，回到了店里。正准备收拾茶具的时候，他忽然停下了动作。

明明刚刚还被木板堵上的书店深处，现在被青白色的光芒包围着。还来不及发出"啊！"的一声惊叹，以光芒为背景、安静地坐在那儿的是一只橘猫。

林太郎倒吸了一口气，他视线的前方，它正伸着直直的白色胡须，轻轻地晃动着。

"好久不见哪，第二代。"

听到熟悉的低沉声音，林太郎苦笑了。

"才三天不见而已。"

"是这样吗？"

"我该说'欢迎回来'吗？"

"社交问候就不必了。"

背对着青白色的光芒，橘猫用翡翠色的眼睛看着他。

"我希望你助我一臂之力。"

橘猫背后的书架通道，朦胧的光芒看上去似乎变得更强了。

"我需要你再一次帮助我。"

猫的言行举止总是唐突的，没有招呼也没有说明。当然，丝毫没有庆祝这意外的重逢的气氛。

"我以为再也见不到你了。"

"事情有些变化，不得不再去一次迷宫。"

淡然的语气还是老样子，在声音的背后，悬浮着一种平常所没有的紧张感。

"发生了什么？"

"第四迷宫出现了。"

"第四？"

"完全是预料之外的事态。所以再次需要你的力量。"

它把话说到了这个份儿上，接着又用更加低沉的声音加了一句"但是"。

"这次的对手很棘手。和迄今为止的完全是天壤之别。"

一如既往的毫不客气而又居高临下的态度，语气中感觉不到猫一贯的尖锐。这正是事态非同寻常的证据。

"既然是这么棘手的对手，交给我，没关系吗？"

"非你不可。这是对方的要求。"

"对方的要求？"

"实在是个麻烦的对手。恐怕这次真的会有回不来的可能性。不过如果是你的话，应该能够做出些什么来。"

橘猫的声音几乎带着祈祷似的迫切感。

林太郎一边感到奇怪，一边回答：

"明白了，我们走吧。"

十分干脆的回答。

林太郎的回答过于干脆，以至于橘猫都没能立刻回应他。翡翠色的眼睛发着光，目不转睛地盯着他。

"你听见我说这次有危险了吗？"

"还听见你说，'和迄今为止的完全是天壤之别'，以及'有回不来的可能性'这件事。"

"即使这样，你还是要跟来吗？"

"你需要我的帮助。我想我只需要这一个理由就足够了。"

索性的回答，让橘猫露出了大白天看见了幽灵似的表情。

"你身体不舒服吗，第二代？"

"你这么说，我会生气的。"

"不过……"

"我想向你表达谢意。虽然说了一句'谢谢'，但实际上我也并没有报恩。我想这个机会刚好。"

片刻间橘猫目不转睛地注视着林太郎，不同于以往颇有感慨地点了点头。

"我很感谢。"

"只不过——"林太郎补充道，"我有个条件，我们必须立刻出发。"

说罢林太郎脚步匆匆地走到门口，关上了门，迅速地把门锁上。

"差不多到了柚木路过店门口的时间了。要是听说这件事，她肯定会提出要跟着一起去。既然都明确说了这次很危险，我不想把柚木卷进来。"

林太郎掺杂着苦笑地说着，而橘猫仅仅是默默地听着。

真反常——林太郎刚这么想着回过头，橘猫向他投来了不同于以往的严肃目光。

"非常遗憾，关于这一点的话没有选择的余地。"

读不出情感的声音，令人疑惑的回答。

在莫名紧张的沉默中，林太郎停下了手上的动作，皱起了眉头。

门外响起了自行车的铃声，又立刻远去。室内回到了完全的寂静，橘猫开口说道：

"柚木被带走了。被关在了迷宫最深处，等着你来救她。"

林太郎震惊了，没有立刻发出声音。

"听到了吗，第二代？"

"我不太明白……"

"很简单的一件事。柚木被带走了。最后一趟旅程的目的，并不是去救书。"

橘猫把锐利的目光投向林太郎。

"这趟旅程是去救助你的朋友。"

林太郎用目光巡视，看向连接着书店深处的书架走廊。

笔直延伸的一条通道，连绵地填满墙壁的书籍，淡淡的青白色光芒照亮这一切。

为什么会这样？

林太郎忽然感受到一阵毛骨悚然的寒意。

"结果，你不打算来学校了吧。"

柚木说出这句话，仅仅是在两天前的早晨。

出发前往吹奏乐团晨练的柚木，一如既往地顺便来店里露了个脸。她用无语的表情望着在收银台上泡红茶的林太郎。

两人聊了一些什么话，内容记不清了。没有特别的意义，应该是轻松的杂谈。

书的话题、红茶的话题，还有不多的一些关于猫的话题。

这些告一段落之后，准备出发参加晨练的柚木离开时，回过头告诉林太郎：

"总是往下看，把自己关起来是不行的哦。可能会有一堆不适合自己的事情，但毕竟是自己的人生，所以……"

说到这儿，柚木断了一下句，立刻发出了清凉的声音：

"好好地看着前面走路。"

非常符合聪明的班长会给出的犀利的忠告。

而同时这也是柚木以她自己的方式，在激励即将要搬走的友人。

像这样担心自己而说出的话，林太郎愉快地接受了。

柚木没有听林太郎的应答，轻快地一转身，向明亮的屋檐走去。

林太郎眯着眼目送她的背影离去。

在朝日中挥舞的柚木雪白的手，深深地、耀眼地刻印在了林太郎眼里。

"真是不可思议的事情。"

走廊的两侧排列着高大的书架，林太郎一边走着一边开口说道。

"我还是第一次像这样发自内心地去担心一个人。"

走在前面的橘猫，瞥了他一眼，什么都没说。

本来很熟悉的书店的走廊，却不同于以往的漫长。仅仅是感觉上很漫长，还是实际上真的很长，林太郎不得而知。但书架和吊灯一直连接到了遥远的另一方。

"为什么柚木被带走了？如果有事要找我的话，从一开始就应该把我带走。"

"理由老夫也不知道。只能直接质问对方。"充满苦涩的回答，"不过，大概那家伙认定，要鼓动你，那个少女将会成为关键。"

"……说些难懂的事情。"

"并不难懂。那位少女总是在为你担心。"走在前面的橘猫，头也不回地说道，"那位少女一直以来发自内心地担心着失去了祖父后把自己关在家里、性格阴沉的同班同学。"

"因为柚木是个责任感很强的班长，再加上住得近。"

"不知道能不能成为你的参考，但老夫告诉你一件事好了。"橘猫用低沉的声音，不客气地盖过了林太郎的话，"最初那位少女来到夏木书店时，老夫说过，只有满足特殊条件的人类，才能看见老夫。这个条件，并非什么超能力或者其他大不了的东西。"

橘猫停下了脚步，回头看着林太郎。

"这个条件是'为他人着想的人'。"

耳边响起了不可思议的话语。

"为他人着想，不是用甜美的声音表达肤浅的同情，而是和烦恼的人一同烦恼，和痛苦的人一同痛苦，时而陪伴对方前行。"

橘猫再次迈出步伐，林太郎慌忙地跟上去。

"这并不是什么特别的能力。这原本是每一个人都很自然拥有的重要天性。但在没有喘息忙碌度日的过程中，大多数人都失去了它。就像你一样。"

橘猫安静的一语，林太郎听了胸口一紧。

"让人窒息的日常中，大家都因为自己的事情无暇顾及其他，渐渐失去了为他人着想的一颗心。失去心的人类，不再会感受到他人的痛苦。这样一来，撒谎、伤害他人、把弱者踩在脚下当作跳板，也不会有任何感觉。世界上这样的人越来越多了。"

回响着沉重话语的走廊，慢慢地发生了变化。

填满两侧墙壁没有装饰的木制书架，不知何时变成了老橡木材质外加镶嵌工艺装饰的气派之作，通道本身也慢慢地变宽了，现在变成了可以五六人并排走的大回廊。

头顶的吊灯不见了踪影，天花板变得高高的，星星点点地排列在书架前的烛台之火照亮了整个空间。

在这巨大的走廊中央，一只猫和一个人安静地走着。

"不过，在这样无可救药的世界中，偶尔也会遇见和那位少女一样拥有宝贵天性的人。拥有这种天性的人，我们骗不过他们的眼睛。"

"也就是说——"橘猫转过头，从肩膀上方回望林太郎。

"那个少女，并不是出于责任感或者义务，她是真的在担心你。"

橘猫说这话的时候，烛台的火缓缓地摇曳着，但周围没有一丝风。

忽然说起才发觉。

无数次来到夏木书店的柚木的模样，忽然鲜明地在心里苏醒过来。一个又一个情景，突然变得很有意义，不断涌入林太郎的胸口。

"假如你真心地在担心那个女孩的话，也就意味着你也在渐渐找回失去的心——不只考虑自己的事情，也为某个人着想的一颗心。"

"为某人着想的心。"

"这样的友人对你这样的软弱者来说，简直好过了头。"

橘猫的声音还是一如既往的淡然，但从某个角落里似乎隐约地渗出了微笑。

林太郎抬头望向高高的天花板。

遥远的头顶上方悬着弧线悠长的拱形天花板，那种美和寂静如同历经漫长岁月的古老教堂一般。

"即便我以为自己都知道，也还是有很多自己看不到的事情啊。"

"你能察觉到这一点，说明你成长了。"

"我现在好像多了一点儿勇气。"

"只多了一点儿的话可就不好办了。"橘猫用低沉的声音说道,"最后的敌人,是真的不好对付。"

橘猫的话还没说完,渐渐地林太郎能看见前方有一扇巨大的木门。

巨大的门,以一种凭借林太郎纤弱的腕力根本无可奈何的威严,阻挡了去路。然而刚一走近,伴随着微弱的嘎吱声,门自然而然地动了起来。缓缓地向两侧打开,门的另一头,呈现在眼前的是宽敞的绿色庭院。

艳丽的日光从天上倾泻下来,下面是郁郁葱葱的树木,潺潺的流水声来自四处可见的喷泉,白色的水柱向空中延伸。喷泉两侧排列着天使雕像,细心修剪的篱笆与几何分布的铺路石形成的对比美极了。

把这一切尽收眼底的高台上,有一个类似车廊的地方,而林太郎他们正站在那里。头顶上白色屋檐探出了头,左右连接着坡度缓和的石板车路,颇有一番从巨大的中世纪洋房中走出来的风情。

"很是下了一番功夫。"橘猫喃喃地说道。

这时他们听见一阵嗒嗒嗒轻快的声音。往右手的方向一看,一辆由两匹马拉着的马车正沿着石板路驶过来。

马车来到两人的面前停下，从车上走下一位中年绅士，无言地向二人深深地低下了头，接着门打开了。

"看样子是叫我们坐上去。"

说罢，橘猫便无所顾虑地走近马车跳了上去。绅士一直低着头，一动不动。林太郎也战战兢兢地走近马车坐了上去。

马车里面铺满了深红色的天鹅绒，很宽敞，橘猫和林太郎面对面地坐着。

咔嗒一声，门关了。片刻后马车启动了。

"这是一出什么戏？"

"对方在欢迎你。"

"很不巧，我并不认识有这种兴趣爱好的友人。"

"你不认识对方，但并不代表对方不认识你。你在这个世界可是个名人。"

"这个世界？"

"而且这座迷宫的主人，是一个特别的存在。现在也拥有如此强大的力量。"

"那我应该先泪流满面地感激对方吗？感谢您不惜拐走我重要的友人来招待我。"

橘猫微微地笑了。

"你能这样想很好。活在这个蛮不讲理的世界上，最好的武器既不是道理也不是武力。"

"是幽默，对吧？"

林太郎话音刚落，马车轻轻地摇晃了一下，开始加速了。他们驶上了一条大路。

往窗外一看，宽敞的庭院如流水般从眼前滑过。

阳光、风、喷泉飞溅的水花以及浓郁的绿色。一切都让人感到惬意的景色，却有某种违和感。

因为没有生命的气息——林太郎凭直觉发现了这一点。

不仅是人，没有小鸟、没有蝴蝶，什么都没有，丝毫都感受不到支撑着世界的生命的存在。无论怎样装饰外观，这都不是一个正常的世界。

"这将是和你谈话的最后一次机会。"

忽然橘猫用低沉的声音告诉林太郎。

林太郎把视线从外面移回了车内。

"总觉得之前好像也听过类似的话。"

"不用担心。"

在古典工艺的座席上，橘猫用翡翠色的眼睛直直地看着林太郎。

"这次，真的是最后一次。"

"既然是这样的话，我有很多话想问你。"

橘猫没有回答林太郎的话，一动不动地和他对视着。

林太郎停顿了一下，露出了苦笑。

"可是，我也不知道该从何问起才好。"

橘猫没有动。

明亮的阳光照射在侧脸上，渐渐地被深红色浸染。过了一会儿，窗外从日落急剧变幻为暮色，小小的车内陷入昏暗之中。

抬头一看，不知何时空中的星星开始一颗接一颗地闪烁。

"书拥有心。"

忽然橘猫告诉林太郎。

星辉洒落在橘猫的瞳孔里，闪耀着美丽的光芒。

"如果仅仅把书放在那里的话，它们不过是一堆纸。无论隐藏伟大力量的杰作，还是讲述恢宏故事的大作，如果没有人翻开的话，不过是普普通通的纸片罢了。而被灌入人的思念，被一直珍爱的书，将会拥有一颗心。"

"心？"

"没错——"橘猫用强而有力的声音回答。

"现在人们接触书的机会减少了，也少有人把思念倾注在书中，导致的结果是书也渐渐失去了心。不过像你、你的祖父这样发自内心爱着书、倾听书的话语的人，依然有不少。"

橘猫缓缓地扭过脖子，仰望星空。

"你对我们而言是不可替代的友人。"

橘猫说了许多不可思议的话。每一句话都切切实实地渗透到林太郎的心里。

仰望夜空的橘猫，那翡翠色的眼睛闪烁着光芒。

洋溢着高尚与自信，有些傲慢，但也美丽。就是这样一只猫。

"我觉得好像很久以前就认识你。"

听到林太郎唐突的话语，橘猫没有回过头来，但那对形状分明的三角形构成的四面体耳朵，等待着林太郎接下来的话。

"我想应该是很久很久以前的事情。小的时候……"

林太郎像在追随记忆的脚步一般，望着最高处。

"在一个小小的故事中，我曾经遇见过你。或许是母亲给我读过的一本书。"

"书拥有心。"

橘猫安静地重复了一次刚才的话。

"被珍爱的书会拥有一颗心，拥有心的书，一定会在它的主人遇到危机时赶来，成为他的力量。"

冷静从容而低沉的声音，温暖地包裹住林太郎心底最深处的地方。不经意间回过头，星光下的橘猫露出了淡淡的微笑。

"我说过了，你不是一个人。"

满天的繁星下，载着林太郎他们的马车伴随着轻微的震动，奔驰而去。

随着马车的行进，铺满天鹅绒的车内，被车窗剪下的星光没有声音地移过。当那青白色的光圈照射到橘猫身上时，忽然它收起了笑容，露出了锐利的目光。

"不过，'拥有心的书'并不总是人的伙伴。"

林太郎皱起了眉头，接着马上问道：

"你指的是柚木这件事？"

"没错。这是最后的迷宫了。"

橘猫再次望向窗外。

林太郎追逐着它的视线。

天上的星星鲜艳而美丽，但星星的排列确实乱七八糟的，没有模仿任何一个星座排列。

"就像有时人心苦恼的结局会扭曲一样，书的心也会扭曲。被心灵扭曲的人经手的书，也会产生一颗同样扭曲的心。于是暴走。"

"书的心灵会扭曲……"

橘猫轻轻地点了点头。

"尤其是经历了漫长历史的古老的书物，受到了很多人的心灵的影响，不论好坏都拥有着强大的力量。当这些书的心灵产生扭曲的时候……"

橘猫深深地呼出一口气，继续说道：

"便会使用我等无法比拟的巨大力量。"

"最后的对手和迄今为止的都不同这一点，其中的意思我多少明白了。"

回答的语调竟意想不到的冷静而稳重。实际上，非常不可思议的是林太郎的内心十分平静。

窗外的景色不知何时变得不同了。

原本是在宽敞的庭院中奔驰，但现在呈现在眼前的是老街的夜景。两侧的民房，靠在院墙上的自行车，生硬地闪烁着黄色的街灯，泛白的老旧自动贩卖机。

似曾相识的景色。

"对不住了，第二代。"

橘猫深深地低下头。

"在这前方的对手，不是我等能够对付的。"

"别道歉。"

林太郎苦笑。

"有很多事情我都要感谢你。"

"我们其实最后什么都没有做。是你用自己的脚走到了这里。"

"即便这样，"林太郎说着，忽然马车的震动变得缓和，感觉像是在减速，"即便这样，我也发现了很多重要的事情。"

咔嗒一声，剧烈地晃动之后，马车停了。

过了一会儿，门开了。

同时，让人背脊发寒的冷风涌了进来。

看向门外，谦恭过头的马夫对面是一片熟悉的景色。

林太郎不慌不忙、慢慢地走下马车。下车后回过头，橘猫待在昏暗的车内没有动，翡翠色的眼睛掠过安静的光芒。

"你不跟我一起来吗？"

橘猫轻轻地笑了。

"去吧，夏木林太郎。"

"这应该是你第一次叫我的名字。"

"你是我认可的人。扭曲的心很强大，不过……"橘猫沉默了片刻后接着说道，"你比它们更强大。"

坚韧有力的话语。

正因为是了解对方的友人所说的话，这份鼓励才显得有分量。

林太郎点点头，他的背后流动着某种冰冷的东西。背后飘浮的寒气，带着一股令人如此不快的感觉。即便这样，林太郎也没有想要逃走。他明白自己不能逃走。

"我们还会再见面吗？"

"别说这种话。作为离别的台词未免太过陈腐。"

这样严厉的回答，很符合猫的作风。

"永别了，勇敢的友人。"

朴素的一句话，是惜别之词。

橘猫安静地低下头，林太郎也用心地鞠了一躬。

就这样过了一会儿，橘猫转过身，背对着马车迈步走去。

眼前有一条狭窄的小路，对面不远处是黄色的老旧街灯，街灯下是一户小小的住家。定睛一看，民房的木格子门口细心地挂着"夏木书店”的木牌。

每个细节都做得非常好。

然而，林太郎没有放慢脚步。

不管做得多么精致的景色，做出来的东西只能是做出来的东西。

夜空没有月亮，地上没有草木，邻家的窗户没有光亮。让人心情如此不平静的景色真是少见。

周围充满了冰冷的空间，林太郎笔直地前进着，终于来到了夏木书店的石梯前。

熟悉的木格子门对面，只有这里清晰地亮着灯。

"请进。"

忽然耳边传来声音。

那是沉着的女性的声音。

同时，门毫无声响地打开了。

"欢迎你，夏木林太郎君。"

没有起伏的声音，在室内回响。

虽说是室内，对林太郎而言，是他再熟悉不过的"夏木书店"的店内。

只不过样子很不同。

填满两侧墙壁的巨大书架上，一本书都没有，相当空旷，也因此显得店内十分宽敞。

中央有一组面对面摆放的漂亮的沙发。这也是店里没有的东西。面向里面的入口处的沙发上，有一个小小的人影。

林太郎有些困惑的是，坐在那里的人是一位纤细的中年女性。

她把瘦小的身体陷在大大的沙发里，一袭没有装饰的黑礼服，缓慢地把一条腿搭在另一条腿上。她把白皙、修长的手，放在交叉的膝盖上，目不转睛地抬头看着这边。她看上去毫无防备且缺乏力气，难以捉摸，不容易接近，浑身散发着灰色的气场。

"随行的橘猫怎么不见了？"

"它说最后这次让我一个人来。"

"真是位冷淡的同伴。还是说——"女性把右手的手指移到苍白的脸颊旁，"我被看不起了呢?"

林太郎忽然感到某种令人不禁战栗的寒气。

读不出情感的漆黑的瞳孔，静静地与他对视。有如无数蜘蛛丝铺展开，而且是肉眼看不见的蜘蛛丝，慢慢地缠住，快要窒息的感觉让林太郎不由得后退了一步。

确实，这和以前对话的对手完全不同。

以前遇见的那三个人，虽然有各自奇特的地方，但能够感受到他们"心之所向"。或者应该说是各自对书的感情。这份感情成了谈话的线索，也是出口。

然而眼前的女人，犹如钢铁之壁，散发着毫无生命感的硬质的光芒。既没有头绪，也没有大门。有的仅仅是深不见底的寒冷，沉滞在那儿。

如果是平时的林太郎，说不定这个时候早就举白旗逃走了。仿佛慢慢失去了血气，心里被不安占据了，无意识地看向了脚边，但那里没有搭档橘猫的身影。逃走的理由，一口气能说出一二十个。

但是，林太郎把力气灌入微微颤抖的双膝，稳稳地站在原地。

有一个来这里的理由。并非像往常那样，仅仅是任其自然地来到了这里。

"欢迎来到夏木书店。"

女人在膝盖上摊开双手。

"还喜欢我的这番演出吗？这一趟旅程很美妙吧。"

"我来请你把柚木还给我。"

女人微微地眯了眯眼睛。

因为没有回答，林太郎重复了同样的话。

女人的表情基本上没有任何变化，只是轻轻地叹了一口气。

"你是个比我想象得更为愚笨的少年。把彼此都一清二楚的事情，用没有一丝独创性的语言说出来。"

"'头脑愚笨的人里面也有不错的家伙。真正脑子聪明的人里面没几个好家伙。'"

"斯坦贝克？这不是什么值得特意引用的话。"

"不，这句话很犀利。因为你看上去非常聪明。"

女人一瞬间停下了动作，终于向林太郎投去了没有一丝感动的目光。

"我收回前面的话，你是一个非常懂幽默的人。似乎有一些招待你来这里的价值了。"

"虽然我不完全明白你的意图和目的，但总之我应该先说一句'谢谢'吗？"

"你比传闻中更性急呢。我听说你是一个更稳重的孩子。"

她说得对，林太郎也这么认为。

虽然心中有恐惧，但脑子里却不可思议地清晰。

简言之，这是愤怒。

"我再说一次，请把柚木还给我。我不知道你找我有什么事，但这都应该和她没有关系。"

"我找你来，是为了一件简单的事。我只是想和你说说话罢了。"

意料之外的回答，让林太郎一时语塞。

"想要和我聊天的话，只需要把我叫来不就好了吗？把柚木同学拐走，这样的手段太不寻常了。如果有空闲躺在漂亮的沙发里，用马车带我围着公园、喷泉游览的话，你来到'夏木书店'里不就好了吗？我也会请你喝从爷爷那里得来的阿萨姆红茶。"

"我并非没有那么想过。但是，即使我突然来到你的身边，你也不会当真吧？"

"当真？"

"我想要的是真心的对话。为了应付一时的场面做出的讨巧的回答，以客气、关心为名的怠惰的态度，对这些我都没有兴趣。我想要看到的是，打内心爱着书的少年，动真格地谈论书的样子。"

女人微微地勾起了嘴唇的两端。非常美丽的微笑。美丽但缺乏温度，结冰的微笑。

林太郎的脖子像是被冰做成的手触碰了一般，感到一阵寒冷，抖了抖肩膀。他克制住想要立刻逃走的冲动，压倒心中的懦弱。林太郎继续说道：

"我再问一次，你仅仅是为了和我对话而拐走了柚木？"

"没错。看到你现在的样子，我的做法似乎是正确的。"

林太郎深深地吸了一口气。

现在完全是对方的步调。虽然不知道跟随对方的步调这是好还是坏，但被感情左右、头脑无法冷静地运作这并不是一件好事。尤其是对方渴求的是动真格的对话，那更是如此。

看着忽然沉默不语的林太郎，女人并没有露出特别满足的样子，安静地伸出了右手，示意了一下眼前的沙发。

林太郎依然沉默着没有动。女人见后，做出微微偏头的动作。

"对你来说，这个坐起来更舒服吧。"

"啪"的一个响指，沙发融化消失了，这次出现了一把小小的木头圆椅。这是林太郎在"夏木书店"时一直坐的那把老旧的满是伤痕的圆椅。

每一出表演都很别致用心，然而却感受不到一丝关怀的温度。并非是在挂虑拼命地站稳脚步的这位勇敢的少年。这是为了达到目的所需要的最直接的手段——根据这一合理判断而执行了这些行为，仅此而已。

林太郎领悟到反抗是毫无意义的，便默默地坐在了椅子上。

"我应该说些什么呢？"

"真是个急性子。不过少年担心女友的那种态度，我并不讨厌。"

女人淡淡地说着，再次打了一个响指。

"那么，可以请你先陪我看一会儿演出吗？"

忽然间，右侧的书架前，出现了一个白色的大屏幕。与此同时，店里变暗了，屏幕发出耀眼的光。

"首先第一个……"

伴随着女人的声音，浮现在屏幕上的是气派的药医门和筑地塀。还没反应过来这是何时看过的景色，画面穿过门，进入了宽敞的宅邸。

画面从日本风的门，进入宅邸内，穿过排放着水墨画、鹿的剥制标本、维纳斯雕像等国籍不明的陈列品的走廊，终于画面上出现了一位坐在狭小的长廊下的男人。

林太郎遇见他时，那个穿着一身纯白色西装的高挑男子，现在穿着旧的白衬衣，若有所思地眺望着庭院，彻底收起了自信满满而傲慢的态度，身体一动不动，只是一言不发地眺望着在庭院池子中游泳的鲤鱼。他的手边有为数不多的几本书。也许是因为翻来覆去地读过，封面上有一些波浪式的褶皱。

"你知道这是什么吗？"

"第一层迷宫。"

"没错。你把书解放之后的结果，便是眼前这番景色。"

听到女人的声音，林太郎皱起了眉头。

"囚禁的书全部被解放之后，他不再像从前一样乱读一通。作为读五万本书的男人引领着世间的尖锐评论家，他急剧的变化，让众人震惊、仓皇，立刻失去了兴趣。他所构建的地位，被后来出现的读六万本书的男人夺走，他现在完全变成了一位隐者。失去了地位和名誉，只能像那样恍恍惚惚地眺望庭院。"

林太郎没有回应她的话，女人没有一丝动容地望着他。

女人这次左手一指，对面的书架前出现一面新的屏幕。

"我们去下一站吧。"

伴随着话语一同映入眼帘的是，排列着好几个白色圆柱的巨大空间。威严的拱形天花板，打磨光亮的石地板。墙壁上的书架里收纳着无数书籍，随处可见的狭窄通道和楼梯入口。

毫无疑问，这是第二层迷宫。

然而，那时有无数白衣人，抱着大量的书人来人往的大回廊，现在非常闲散，完全归于寂静。还不仅仅是这样，四处散落着文档，散发着浓厚、荒废的气息。

空荡荡的回廊里，有一个小小的人影，画面迅速接近。在一张放置于巨大书架旁的桌子前，坐着一位身着白衣、圆圆的、有些发胖的学者。

林太郎他们造访的时候，在地下的所长室里充满干劲地埋头做研究的中年学者，现在如同没了魂魄一般，坐在回廊的角落里，任由胡楂儿颓废地生长，孤独一人，目不转睛地盯着手里的书。

"接二连三编制出适应时代需求的速读法的天才学者，现在彻底放弃了研究，像那样花费好几个小时在一本书上，沉浸地阅读。一天读十本书的天才，变成了读一本书要花一个月的凡人。风靡一世的著作立刻没有人买了，源源不断的演讲委托也消失了。"

"你想说什么？"

"关于理想和现实的差距。不过还没完呢。"

女人的手指向天花板。

不知何时那里出现了第三个屏幕，画面中出现了巨大的超高层大厦。

无须多言，这是第三层迷宫。

画面进入灰色的巨型大厦中，飞快地穿过大厦的内部，呈现出记忆中的那个有着三面窗户的宽敞的社长室。应该是同一个房间，但和林太郎他们造访时相比，给人的印象相当不同。没有了华丽的水晶吊灯，鲜红的窗帘也不见了踪影，沙发组合也消失了，装饰相当朴素。在宽敞的空间里，现在大量身着红、蓝、黑西装的男人聚集在一堆，样子十分嘈杂。

"这样下去，公司会垮掉的。"穿红色西装的男人叫道，"不好卖的书应该立刻绝版。"

"读者寻求的是通俗易懂的东西、刺激的东西。这不是社长你说的吗？"

穿黑、蓝西装的男人接二连三地大吼着，而他们怒吼的对象是一位个子小巧的中年绅士。曾经态度悠然的社长，现在用手贴着白色的头发，自始至终都埋着头。

"社长改变了公司的方针。即使不好卖的书，也不会立刻绝版，副刊了好几本已经消失的贵重的书。其结果，原本一帆风顺的经营受到了大幅冲击，而现在社长被逼迫卸任。"

女人把视线从天花板移向了林太郎，用冰冷的声音告知他：

"你精彩的冒险的结果，就是这样。你有何感想？"

"真是太过分了。"

这样的回答，已是竭尽全力。

房间内充斥着让人肌肤冰凉的寒气，然而背后却不断地渗出汗水，胸口像是想呕吐一般，令人不快的闭塞感一点儿一点儿地在脑海中变得强烈。

"你的话语，急剧地改变了他们的境遇。但这是幸福的结果吗？"

"他们看上去，并不幸福。"

"那也就是说你做了一件过分的事？"

"你想说什么？"

"我没有什么想说的。我想要听你说。"

声音听上去是平静的。

女人把身体倚靠在沙发上，用毫无情感的眼神看着林太郎。

"什么是正确，什么是错误，这不是我能够回答的。应该说，因为我不知道，所以把你叫来了。你为了拯救书，而与那三人对峙。并且用果敢的话语和他们对谈，对他们的哲学造成了巨大的影响。你大大地改变了他们的价值观，但其结果他们明显陷入了苦境。既然他们不得不深陷那样的痛苦中，那你所做的事情又有什么样的意义呢？"

这是林太郎不曾想过的问题。

或许应该说这是他不曾预料到的事态。

林太郎只不过说出了自己的真情实感罢了。他并没有期待这样做的结果会导致多么巨大的改变。不如说，自己既没有去设想过如此巨大的变化，也没有考虑过其结果会使人陷入痛苦这样的事。

林太郎几乎走投无路，抬头看着三个屏幕。

"你不觉得这是很悲哀的世界吗？"

女人如同眺望着很远的地方一样，视线徘徊在什么都没有的半空中。

"人用书来装饰自己，轻松地把知识填塞一顿之后，就把读过一次的书扔掉。高高地把书堆积起来，就以为自己能看得很远。但是……"

女人玻璃珠一般美丽而干涸的眼睛转向林太郎。

"那样真的好吗？"

女人安静地注视着困惑的林太郎。

从摇曳着暗沉光线的双瞳中，完全读不出任何感情。但是，女人超然的态度仿佛在说，能够听到某种回答是她理所应当的权利。

"为什么……"

林太郎好不容易挤出了一句话。

"为什么要问我这样的事？"

"这个嘛，究竟是为什么呢？我想着如果是你的话，也许会给出一个美好的答案。"

"这太乱来了。我只是个'家里蹲'。"

"但你为了解救书而倾尽全力，事实上也成功地做到了。"

女人轻轻地撩起额前的头发。

"如今这个世道，像这样与书有着联系的人，几乎找不到了。"

"与书有着联系的人……"

"没错。像你和你爷爷这样的人少之又少。以前有很多这样的人，两千年之间，什么都变了。"

林太郎听到不熟悉的词语，一时间怀疑起自己的耳朵，当明白自己并没有听错的一瞬间，他几乎说不出话了。

"两千年……？"

"准确地说，应该是一千八百年左右吧。那时我刚出生。不知不觉已过了这么长时间。"

林太郎找不到回答的话。

橘猫所说的"拥有强大力量的书"这句话的分量，和林太郎预想的完全不是一个次元的东西。历经一千八百年漫长岁月的书，并不多见。更何况，说到经过了那么长时间仍然拥有"强大力量"的书的话，天下独一无二的爱书家林太郎的记忆中，几乎没有太多选项。

林太郎愣住了，女人没有理会，淡淡地交织着话语。

"从前，书拥有心灵这样的事，是非常理所当然的。读书的人大家都知道。人们知道这一点，相互交换彼此的心。那个时候能够拿到书的人绝对不多，但遇见过一次的人会毫不动摇地支持我，我也支持着他们。那是个非常令人怀念的时代。同时，也是一个辉煌的时代。"

"那种事……"

"对你来说要相信曾经有这样的事情，也许是很困难的。"

女人用安静的声音，盖住了林太郎有气无力的声音。

"现在几乎不会遇到拥有心的书了。不仅仅是这样，知道书拥有心这件事的人本身也消失殆尽了。如今说到书，不过是排列着印刷字的一沓纸罢了。这样的事，并不仅仅发生在街头巷尾读过一次后被扔掉的大量书物身上。就连历经漫长岁月、被世界上的人阅读的我，也几乎没有再遇见能和我真挚以对的人了。现在的我，被贴上'世界上被人读过最多的书'这样的标签，被吹捧着，实际上渐渐地不再有人真正地看向我。被囚禁、被剪、被抛售。你所看见的一切，也正在我身上发生着。我跨越了将近两千年的时间的墙壁，甚至跨越了两千种以上的语言的墙壁，而我也不过如此。"

女人如同在忍受某种痛苦一般，闭上了双眼。

"实话告诉你。"

没有血色的、薄薄的嘴唇嚅动着。

"我也在不断地失去力量。曾经我和许许多多的人，一起谈论许许多多重要的事情，而现在我已经渐渐忘却了当时谈论的话语。一旦忘记的话，我就会变得和其他微弱的书一样，成为仅仅提供知识和娱乐的纸堆。"

女人再次睁开了眼睛。

"这是非常悲哀的一件事。在这样悲哀的世界里，你是怀着怎样的思绪，为了什么而历经了这些迷宫，我很感兴趣。你在我们的世界里，算是个相当有名的人了。"

最后的那句话，是女人独特的幽默还是单纯地在告知事实，让人无法判断。但她提出的问题是沉重的。

林太郎的视线停留在脚边，他沉默着。

没能轻易找到回答的话，但他知道这样继续沉默下去是不被允许的，有什么在他的心底深处激起了波纹。

林太郎，轻轻地用右手扶着眼镜框，闭上了眼睛。

一闭上眼，感受着平时熟悉的那把圆椅，如同置身于夏木书店中一样，恢复了平静。

虽然此时所在的这间书店里的一切都是虚假的，但林太郎的心回到了熟悉的旧书店中。

用了好些年的书架，复古的吊灯。明亮的日光透过木格子门，不会太耀眼也不会太昏暗。访客到来时响起的银铃声。追溯记忆的同时，熟读过的书物按顺序依次回到了空荡荡的书架上。

《卡拉马佐夫兄弟》《愤怒的葡萄》《基度山伯爵》《格列佛游记》……反复地读过好多次的每一本书的位置，林太郎都精准地记住了。他在心中追逐着书本的同时，泛着波纹的心慢慢地恢复了平静。

"答案这种东西……我并不知道。"

林太郎磕磕巴巴地说道，但拼命想把话语串起来。

"不过，书帮助过我很多次，这是事实。我做事优柔寡断，动不动就轻易放弃，即便这样的我也熬到了现在，这是因为不管什么时候书都一直在我身边。"

林太郎注视着打磨光亮的地板，一个字一个字地拾起浮现在脑海中的话语。

"当然像你说的那样，也许有很多问题。但书的力量没有你说得那般弱小。有些书在不断地消失，但我知道也有些书好好地存活了下来。"

一抬头发现，女人一动不动地坐在那里。

她那双难以揣测的眼睛投向林太郎，而林太郎的话还在继续：

"爷爷曾经说过，书拥有力量。虽然我不清楚两千年前的事情，但在我的周围现在依然有很多充满魅力的书，我和那些书一起度过了每一天。所以……"

"遗憾哪。"

一丝寒冷而孤独的风涌动了。

这一丝微弱的风，却带有压倒性的沉重感，一瞬间封住了林太郎的话。林太郎带着热度的声音降至了冰点，结成了冰。这时，像是要给他最后一击似的，女人说了一句话：

"真令人失望。"

无话可说的林太郎，抬起头一阵战栗。

深邃的黑暗，这是林太郎看见的东西。

安静的双瞳深处，非同寻常的黑暗在扩散。那是悲哀还是绝望？不管是哪种都非林太郎区区一名高中生能一决胜负的。如同深不见底的沼泽，要把一切都吞噬在无比黑暗的感情里。

"光凭感情是什么都改变不了的。"

那声音听上去像是看破了一切。

"幼稚的理想论，不温不火的乐观论，我听得耳朵都快烂掉了。在漫长的年月之间，真是听腻了。然而什么都没有改变。"

从女人的唇间发出的声音，一点儿一点儿变得低沉。与之相随的，是某种异样的气息扩散开来了。

黑暗的瞳孔漠然地转向了半空中，但她并没有在看任何东西。不论是搭着的腿，还是放在腿上那纤细的手，没有一丝血气，纹丝不动。看上去像是只有嘴唇在动的奇怪蜡像。

坐在林太郎面前的人，有着女人的模样却不是她自己，是携带着无处宣泄的黑色感情盘踞在那里的"巨大的某种存在"。

"为了应付一时场面的懒散，为了拖延问题而做出的安逸的妥协，轻薄而廉价的仅仅是为了自我满足而进行的议论……人们在我面前显摆的全是这样的东西。偶尔也曾有察觉到书的危机而发出声音的人，结果还是没能改变巨大的潮流而随波逐流。就像你遇见的那三个人，各自的哲学发生变革之后，结果却是失去各自原本的位置。"

忽然，女人轻轻地叹了一口气。

伴随着这声叹息，似乎刚才乌云密布一般在眼前扩散的压倒性的存在感减弱了。

无言的压迫感稍微减弱了，林太郎像是刚才一直忘记了呼吸似的，大口地呼吸。不知何时额头上挂着几滴汗珠。

"最开始，我听见了一个传闻，有一位喜爱书的不可思议的少年，在四处解救书。我当时期待着说不定能得到什么给我希望的话。我倒没有期待改变我什么。我只是想着，或许能听到一条被我们彻底遗憾、失去力量的线索罢了，但是，"女人黑色的眼睛回到了林太郎身上，"看来大家都高估你了。"

白皙的右手轻轻摇动着举了起来。

"回去吧，回到你的日常生活中。"

女人的手摇动的同时，背后传来了"咔咔"干燥的响声。木格子门打开了。

渴求的归路，突然被呈现在眼前。尽管如此，林太郎不仅没有站起来，连头也没抬起来。如同被猛烈地撞倒在地面上，陷入了冲击，仅仅是愣愣地坐在那里。

"已经结束了。"

女人用更加令人背脊发凉的声音说道，接着静静地站了起来。俨然一副对眼前的一切失去兴趣的样子，不假思索地背过身，朝店的深处走去。

林太郎好不容易抬起头，发现原本是墙壁的书店深处，出现了通往一条漆黑的通道的入口。没有书架也没有吊灯，有的只是看不见尽头的黑暗。朝向这条笔直的通道，女人什么都没说地离去了。鞋底传出的咯噔咯噔的干燥声音，一点儿一点儿地远去了。

这么说，我可以回去了吗……

如果回得去的话那样也好，林太郎淡漠地分析着事实，但身体却丝毫没有动，他的心在彷徨，似乎在寻找什么。

"我在犹豫什么？"林太郎注视着女人远去的背影质问自己。

用尽浑身解数的理论被轻易推翻，极力倡导的理念被耻笑，无可撼动的自尊被贬得一文不值，没有什么事到如今会感到受伤的。只需要就这样垂头丧气地悄然离去，重新开始不起眼的日常生活就好。

在莫名其妙的书的迷宫里，发生的莫名其妙的事，没有必要烦恼。自己一个高中生能做到的事情是有限的。更何况，即使阴郁的读书少年来到了不可思议之国，也不可能成为完美无缺的英雄。不管在哪里，内心都是纯粹的"家里蹲"。即便这样的我也普普通通地把这些复杂的议论应付下来了，受表扬还来不及。

做出一副什么都知道的样子，渗透全身的豁达想法，准备好让自己舒服的借口，巧妙地收拾泛起泡沫的内心。

每一天都是这么活过来的。一切都很顺利。

这样不就好了吗？

这样……

"一点儿也不好。"

忽然林太郎轻声地说道。

突然从嘴边散落出来的这句话，让林太郎自己都觉得不可思议。

而他刚说完，内心深处倏然闪过一阵光，忽然意识到一件重要的事，一件几乎忘记的事。

他想起来这里最重要的理由。如同不经意间打捞起沉在水底的珍宝盒，林太郎受到强烈的冲击，回过神来。

"柚木她……"

林太郎条件反射地抬起头，身体战栗了。

前方黑暗的通道里，已经看不见女人的身影。不过还能听见微弱的脚步声，林太郎像是被脚步声吸引着站了起来。

"请等一下！"

用尽全力的呼喊声，像是被吸走一般，消失在通道的深处。就连微弱的脚步声也越来越远。

"柚木在哪里？请把柚木还给我！"

林太郎拼命的呐喊声，回荡在空荡荡的室内。没有回答，仅能勉强听到干燥的脚步声，前行的脚步似乎抛弃了一切。

林太郎愕然地回望背后的大门。

格子门，大大地敞开着，像是在说这里就是出口。从这里出去，熟悉的日常生活在等待着自己。平凡、忧郁、拘束。不需要特别的勇气，也不需要矜持。不温不火的日常生活……

林太郎在脑子里描绘着自己惬意地坐在书店里的样子，然而他的脚并没有动。

这趟旅程的目的，不是回家。林太郎还没有忘记来这里的目的是什么。

林太郎紧握着拳头，闭上了眼睛又睁开，背对着门口犹如心意已决，向最里面漆黑的通道迈出了脚步。

一进入通道四周立刻被黑色涂满，视野里什么都没有。连自己的脚边都看不清，无法奔跑起来，但凭借着鞋底硬邦邦的触感和勉强能听到的有规律的脚步声前进着。

汗水浸湿了后背。

林太郎没有回头，并不是因为心中没有犹豫。出口变得看不见的时候，自己还没有能保持冷静的自信。在内心深处，恐惧、后悔、焦躁、自我厌恶……这些负面感情"扑哧扑哧"地沸腾着，似乎现在立马就要溢出。一旦沸腾起来便无计可施，林太郎为了尽量让自己的心情平静下来，开始思考别的事情。

学校的生活、搬家的准备、爽朗的婶婶、祖父温和的侧脸和收纳在书架上的许许多多的书，以及橘猫含蓄的微笑和同班同学开朗的笑容……

林太郎一边仔细观察着前方，一边走着。

看不见女人的背影，但能确切地听见她的脚步声。应该离得不远。

动摇的心，一点点地恢复了镇定。

战战兢兢的脚步，开始变得有力。

林太郎一边继续走着，一边开口说道：

"我一直在思考关于书的事情。"

声音在黑暗的通道中回响。

没有回应的语言，只有脚步声远远地如表针一般刻画着单调的韵律。

"书的力量是什么？这是我一直在思考的。爷爷也经常说，书拥有力量。可是书的力量，真正的含义是什么？"

在交织语言的同时，心底深处一点点地涌现出一种不可思议的热度。

被打压、被寒冰一般的气息吹过也依然会冒烟，如同埋在灰里的炭火一般的热度。

"知识与智慧、价值观与世界观，书给予我们各种各样的东西。知道一件曾经不知道的事情是快乐的，遇见一个崭新的看待事物的方法是非常令人兴奋的。但是我总觉得比起这样的东西，还有某种更重要、更强大的力量。"

林太郎心中缥缈的思绪，如同淡淡的白雪接连飘落，他拼命地捧起，把它们变成语言。有许多重要的事情，刚刚以为自己捕捉到了却又忽然消失。为了传达其中一小部分，即便很小的一部分，林太郎注视着虚无的天空，继续走着。

林太郎并不认为自己有什么特别的力量。

也并没有认为自己能够改变什么。但假如有自己能够做到的事情，那就是聊关于书的事情。从这个意义上来说，心里的思绪，还没有好好地全部传达出来。

"于是我继续思考着，继续寻找着，书的力量究竟是什么？思索着、苦恼着，想了很多，最近我感觉找到了一点点像是答案的东西。"

林太郎忽然停下了脚步，朝着黑暗的深处大喊：

"我想，书会告诉我们什么是'人的感情'。"

声音并不是特别大。

但非常清脆地传向了远方。

当注意到的时候，脚步声停止了。

吞噬一切的寂静，忽然降临在漆黑的通道中。

穿过黑暗，也看不见女人的身影。但林太郎对着那个或许站在某处的她，继续说道：

"书中描写了许多人的思绪。痛苦的人、悲伤的人、喜悦的人、欢笑的人……接触到那些人的故事、语言，和他们一起感受，我们由此得知自己以外的人的心。不仅仅是身边的人，就算是生活在完全不同世界的人，通过书我们也能感受到。"

依然是一片寂静。

没有再次听到脚步声。

像是被这份安静鼓舞着，林太郎继续说道：

"不能伤害他人。不能欺负弱者。有人遇到困难就要伸手相助。也许有人说这不是理所当然的吗。但这样的事情渐渐不再理所当然了。不仅如此，甚至有人会问'为什么'。为什么不能伤害他人——不明白这样的事的人有很多。要向那样的人说明，并不是一件简单的事。因为这不是道理。但是只要读书就能明白。比起用道理来讲述更重要的事情——人并不是一个人活着，读书就能简单地明白这件事。"

林太郎向看不见的对手拼命地倾诉。

"教会我们什么是'感受他人'的力量，就是书的力量。这份力量，会带给很多人勇气，成为他们的精神支柱。"林太郎停顿了下，咬了一下嘴唇，用尽全力把力气全部灌入腹部告诉对方，"如果你快要忘记了，我就大声地告诉你。感受他人的心，那就是书的力量。"

强而有力的声音传到了漆黑的通道里的每一个地方，接着消失了。

当回到完全的沉寂时，黑暗似乎缓慢地在退去。刚发觉这一点，没过多久视野恢复了，林太郎发现自己和刚开始一样，回到了那个与夏木书店相似的不可思议的空间。

直到刚才还坐着的那把圆椅就在身旁，眼前是沙发，女人仿佛自始至终都在那里一般，站在沙发的后面。

入口的格子门大大地敞开着，但店的深处没有刚才飞奔进去的漆黑通道，有的只是一面木板墙。显示着三个迷宫的三个屏幕，也好像没有事情发生一般，呈现着男人们的样子，没有特别的变化。

在漆黑的通道中行走的事情，是一场梦吗？从哪里开始到哪里结束才是事实？林太郎已经无法分辨。

但有一样东西，的的确确发生了改变。

那就是林太郎的心。

"对不起。"

林太郎向女人低下头。

"你叫我回去，但我还不能回去。能不能把柚木还给我？"

女人只是站在那里，没有作答。

她的目光依然缺乏温度，眼里带着黑暗，让见到的人都不寒而栗。

但林太郎并不慌张。对方是远比自己庞大的存在，不可能突然改变所有的想法。对方停下来回过头，已是非常有意义的事情。

"但是，"女人薄薄的嘴唇嚅动着，"但是，人倾尽全力地破坏如此重要的书。被破坏的书，将会失去力量。就算拥有多么强大力量的书，被囚禁、被剪碎、被抛售，渐渐消失。这不是夸张，也不是比喻。这是我一路亲眼见证的事情。而今后也还会有很多书被破坏。"

"也许如此。但不会被破坏的。"

听到林太郎意外沉着的话语，女人的发丝微微地摇晃了。

"即使有人想要去破坏，也不会轻易地坏掉。就连现在，在我们看不见的地方，有很多人和书连接在一起。这是不折不扣的事实。你现在在这里，这件事本身不就是最好的证据吗？"

强韧的话语，女人听后像是微微震惊一般，挑了挑眉毛。

这是女人第一次露出的像样的表情。

一瞬间的沉默。

像是看准了这个空隙一般，突然一道意想不到的声音飞了进来。

"说得好，少年。"

铿锵有力的男人的声音。

林太郎惊讶地环顾四周，室内除了女人一个人影都没有。

"真不愧是我看好的少年。我很钦佩！"

再次听到声音，林太郎立刻把视线转向右手，真是令人惊讶。

面带笑容地看向林太郎的竟然是屏幕中第一层迷宫的男人。

坐在走廊上，男人悠闲地小口喝着茶，接着再次开口说道："少年啊，无须迷惘。拿出自信大声叱责那个女人一番。告诉她，摆出一副了不起的样子，什么都不做、高高在上、束手旁观的人是你。告诉她，你不才是那个满足于自我安慰的道理中的人吗？"林太郎目瞪口呆，男人饶有趣味地望着他继续说道，"少年啊，做出改变是一件不容易的事情。然而你没有丝毫胆怯地把你倾尽全力的话语投向了我。我很感谢你。自那以来，我每天着实有许多的发现和惊叹。正如你所说，以前的我并不是真正地爱着书。因为我被那么多的书包围着，却没有发现仅仅一本书里也有着无限的世界。不过其实最近的发现，并不是关于书。"

男人用缓慢的动作，拿起手边的茶杯。

"而是妻子给我泡的茶，实在是太好喝了。"

他发出让人从心底感觉温暖、饱满的笑声。

和笑声重叠，这次从左手传来别的声音。

"我的小客人啊，拿出你的自信！"

林太郎慌忙看向相反一侧的屏幕。

看着半张着嘴没有出声的林太郎，那个人乐呵呵地笑了，是坐在椅子上的白衣学者。圆润脸颊上的双眸散发着温柔的光芒。

"把我的贝多芬粗鲁地快进播放的人不是你吗？我的小客人。回想起那时的自信！"

学者缓慢地点着头，再次愉快地笑了。

"你所选择的那条道路，拿出你的勇气去行走吧。不要成为只会感叹'什么都不会改变'，不要成为有气无力的旁观者。继续你自己的旅程吧。就像梅勒斯跑到了最后那样。"

女人细细的眉毛，微微地倾斜。

"光凭感情什么都改变不了……"

"即便如此，不也要放手一搏吗？"

带有深度的声音，从天花板落下。

抬头一看，从椅子上站起来的社长，对拥在周围的众多西装男说道。

"我们不要理由。我们也有我们的矜持。"

"然而，"面对提出抗议的人，社长仅仅说了一句话，"你们难道不是因为喜欢书而来这里的吗？"

安静而又充满魄力的声音。吵吵嚷嚷的男人们忽然闭上了双唇。

"既然如此，抛下道理。去讲述理想。这是我们制作书的人的特权。"

朗朗的告诫声之后，西装男们看上去多了几分肃穆。

抬头看着天花板的林太郎，把视线移回了眼前的女人身上。

"即便微不足道，改变就是改变。"

女人对上林太郎的视线，没有移开目光。林太郎也看着她的眼睛，立刻回答道：

"我们都相信书的力量，而你却不相信的话那怎么行？"

站在原地，女人一动不动。

语言消失，寂静再次支配狭小的空间。

室内充满着沉默，这次没有轻易地被打破。无比的深沉，宛如连绵不断的大雪悄无声息地堆积，渐渐地填满两人的脚边。

甚至可以说是庄严的寂静。

也是伴随着让人窒息的压迫感的寂静。

这也许是造访最后的迷宫后，最漫长的一次寂静。

终于，女人缓慢地闭上眼睛，接着喃喃地告诉林太郎：

"真令人讨厌……"

接着她轻轻地睁开了眼睛，望向了林太郎。

"偶尔总会遇到说这种话的人，所以怎么都割舍不掉期待。"

依然用读不出感情的、淡然的语调说着。尽管如此，其中却包含了一丝到现在为止都不同的起伏。

林太郎松了一口气，因为他似乎在女人的眼里看到了一丝摇曳的、柔和的光芒。光芒不过一眨眼的时间，下一个瞬间便融化在原本深邃而黑暗的瞳孔中。即便如此，林太郎还是认为确切地看见了明亮的光芒。

"感受他人的心……这样的思考方式，我并不讨厌。"

女人自言自语般地告诉林太郎，好像察觉到什么一般，背过身去。

看了才发现，从房间的深处开始渐渐地充满了白色的光芒。光芒慢慢地扩散开，或者应该说原本昏暗的夏木书店内部开始变得明亮。结实的书架和屏幕都开始淡淡地发光。

"看来时间到了。"

"时间到了？"

"做了一些颇为勉强的事情，所以不能一直维持这个样子。"

女人注视着渐渐满盈的白光，淡淡地继续说道：

"这次真的请你回去了。一直在这里待着就真的回不去了。"

虽然很唐突，但这毫无疑问是道别的问候。

女人安静地止住了慌张的林太郎。

"没事，不用担心你的女朋友。"

被她轻描淡写地这么一说，林太郎也无话可说，只好使劲地点了点头。没过一会儿，周围的光芒慢慢地变强了。

"该道别了。"

"是的，非常……"女人一瞬间欲言又止，又立刻接着说道，"真是非常愉快的时间。"

"我也是，很高兴见到你。"

林太郎有礼貌地低下头，女人微微地倾斜了脖子。

"真是个懂礼貌的孩子。还是说这是我所不知道的现代笑话？"

"不，多亏遇见了你，我好像又察觉到了一件重要的事情，所以谢谢你——"这次林太郎深深地鞠了一躬，女人好一阵子沉默地注视着他。

"真是一句美好的道别话。"

轻轻地说着，女人抬起右手，触碰到身旁悬浮的屏幕。那一瞬间，三个屏幕消失了，并排的空空的书架又回来了。

女人触碰到书架，这次和蓝色的光芒一同，书接二连三地出现在架子上，有序地依次排列。眨眼间两侧的墙壁被厚重的藏书填得满满当当。

"果然还是这个样子更适合这儿。"

女人不带一丝微笑地说道。

突如其来的举动和意料之外的话语，林太郎立刻察觉到，这是她在向自己表示答谢。

"我也觉得这样更好。"

林太郎用笑容回应，而女人面无表情、不明显地点了点头。

周围的光变得更强了，静静地将书架、沙发和两人包围。

林太郎只能站在原地不动。

在光芒中，女人没有血色、薄薄的嘴唇微微地嚅动着，好像轻声地说了什么，但听不清。就这样好像什么事都没有发生似的，转身背对林太郎迈出了步伐。

没有一丝留恋、干脆的态度，看上去十分自然、本色——林太郎一边在心里感叹着，一边目送背影远去。

"谢谢……"

离别时女人是这么说的——林太郎非常肯定。林太郎任由周围纯白色的光芒将自己包裹。

不知过了多久。

醒来时，林太郎在熟悉的夏木书店的地板上跪坐着。躺在他臂弯里的是表情温和沉睡着的同班同学。

他没有挪动身体，只是静静地把目光转向店的深处，而那里只有一面无趣的木板墙，把视线转向门口，外面是明亮的，细碎的雪花在飘舞。

"柚木——"听到轻轻的呼唤声，柚木醒了，她感到光线有些晃眼，半眯着睁开了眼睛。

"夏木……？"

听到熟悉的声音，林太郎安心地叹了一口气。

柚木抬起头，停顿了一会儿，有些顾虑地开口问道：

"你没事吧？"

"这应该是我的台词哦。"

看着苦笑的林太郎，柚木静静地露出了笑脸。

晨练前总能看到的那个充满魅力的笑脸。

柚木就这样轻轻地环顾四周，视线回到林太郎身上后使劲地点了点头。

"看来你有好好地把我带回来。"

"因为说好了要把你带回来。"

林太郎牵着柚木的手，站了起来。

刚一站起来，林太郎发现自己此时和柚木面对面地站在这并不宽敞的夏木书店里。外面已经积了薄薄的一层雪，柔和的光线穿过格子门照了进来，洒在柚木的背后，她比平时看上去更加耀眼。

"这种时候，我应该说'欢迎回来'吗？"

林太郎有些不好意思地问道，而柚木轻轻地摇了摇头。

"不对哦？"

柚木对着困惑的林太郎露出美丽的笑容。

"应该说'圣诞快乐'。"

林太郎听见了一句和他不太有缘分的话。

他坦率地感叹道，这句话听上去有多么优美。

于是林太郎也露出笑脸，重复了同样的话语。

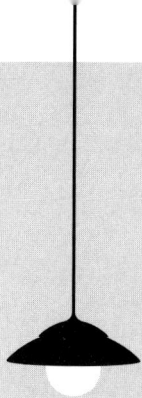

终章 —— 事情的收尾

铁线莲，是祖父喜欢的花。

祖父尤为喜欢带有深度而浓厚的深蓝色的品种。在初夏明艳的阳光下，祖父眺望着大朵大朵盛开的花瓣，不时陶醉地眯上眼睛。祖父那样的侧脸，林太郎能够像前几天才发生的事情一样回想起来。

冷冷的直线中间交织着柔软的曲线，这样的造型比起 Clematis 这样时髦的称呼，铁线莲这个称呼更相宜。

对寡言少语的祖父来说可以说是很稀奇了。夏木书店入口处小小的化盆中装饰着铁线莲。

自己应该也可以。

林太郎这么想着，终于等到有心顾及其他事情的时候，他便开始给放置了好一阵子的盆栽浇水。

祖父去世三个月了。

季节推移，景色发生了些许变化。

屋檐下的雪融化了，梅花开了，樱花开始相继绽放花蕾。

时间理所当然地流逝，林太郎一如既往地早上六点起来打开书店的格子门，给不大的书店换换空气。手拿扫帚打扫石梯，给还只有嫩叶的花盆浇水之后，用掸子打扫室内。

"你果然在忙呢。"

店里的扫除差不多快结束的时候，一道开朗的声音传入了店里，那是拿着黑色乐器箱的柚木。林太郎也是最近才得知里面装的是低音单簧管。林太郎以前并不知道单簧管里面还有前面会加低音的种类，但据说是在庞大的吹奏乐团中，柚木一个人负责重要的部分。

"真亏着你每天能坚持下来呢。"

柚木一边说着，一边轻巧地坐在店里正中间的小小的圆椅上。

"你也用不着一天不落地打扫吧？"

"无所谓。"

林太郎一边笑着，一边挨个儿擦拭书架上的书。

"我不像柚木你，我没有晨练要参加。这样做着打扫，还会遇到很多有趣的书，所以挺愉快的。"

"你真是变态哪。"一如既往毫不客气的话语，不论何时听到都很清爽。"话说回来，这次的书是不是有点儿过分了？"

柚木一边说着，一边从单肩包里拽出一本巨大的单行本。

"真是莫名其妙。"

林太郎露出了苦笑。

那是前几天刚介绍给柚木的加西亚·马尔克斯的《百年孤独》。

最开始从奥斯汀入门，接着是司汤达、纪德、福楼拜。林太郎最开始介绍这些作品给柚木的时候，他考虑到恋爱小说的话应该会比较容易读。一本接一本地读完之后，柚木上周自己提出，想要读一读别的类型的书。

而林太郎选择的是加西亚·马尔克斯的作品。

"话说夏木你，真的把这本书全部读完了吗？"

"读了呀。虽然是很久以前的事了。"

"果然夏木你不是普通人。我简直一点儿都读不懂。太难了。"

"那真是太好了。"

林太郎一边用掸子拂去书架上的灰尘，一边笑着说道。柚木很不可思议地看着他。

"太好了？"

"读了感觉难的话，这说明对柚木来说是新的东西所以难。遇到难的书的话，那可是一个机会。"

"什么意思？"

柚木反而更困惑了。

"容易读，说明书里写的东西是柚木知道的，所以才很好读。读起来很难，那证明书里写的是新的东西。"

柚木用注视珍稀动物的眼神，看着微笑的林太郎。

"果然夏木你是个变态啊！"

"你这说法太过分了！"

"但是挺好啊。"

柚木把右手举到额头前，眺望着林太郎。

"感觉很帅气。"

林太郎擦桌子的手，一瞬间停住了。

他偷瞄了一眼，发现柚木正像偷窥似的倾斜着脖子，咧着嘴偷笑。

"你耳朵好红。"

"我这叫青涩。和某人不同。"

"什么青涩不青涩。明明读了一堆《洛丽塔》《包法利夫人》这样的小黄书。还是说你是闷骚的色鬼？"

"你如果老是这样的态度，我可不卖给你书了。"

"我骗你的——"开朗的声音在店里响起，柚木从椅子上站起来。她并没有就这样走向门口，而是脚步轻轻地朝店的最里面走去。

柚木来到尽头的木板墙前面，把手放在墙上。

"果然走不通呢。"

"走得通的话，可就令人困扰了。"

"虽然会困扰，但有点儿寂寞啊。好像全部是一场梦似的。"

林太郎有时也会想，究竟是不是一场梦呢？

但是，就算全部都是梦，有一件事林太郎很清楚。

那就是——自己不是一个人。

"我不想搬家，我想一个人住。"

平安夜的那一天，距离搬家公司的卡车过来还有一个小时的时候，林太郎开口说道。面对语出惊人的林太郎，婶婶很意外地并没有特别惊讶。

侄子用笔直的目光看着自己。婶婶交叉着肉乎乎的手臂，目不转睛地和他对视了许久。

微妙的沉默，似乎持续了很久，但也许只过了很短的时间。婶婶缓缓地开口了：

"果然是发生了什么事吧，林林？"

对林太郎而言，这是一个意料之外的问题。看着困惑的少年，婶婶气色颇好的脸颊上浮现出淡淡的苦笑。

"没关系。要让男孩子把秘密全都告诉连话都没怎么说上几句、长得又胖的婶婶，简直是强人所难。"

当然，林太郎不可能会讲出自己和橘猫的奇妙冒险。而且更重要的是，在这场不可思议的冒险中，自己发生了什么样的变化，林太郎并没有清楚地意识到。

只是，不管什么事情都好，想要试着用自己的脚迈出脚步。

没有选择这样，不单单是一厢情愿的想法，除了借口其实什么都不是。林太郎现在清楚地理解了这一点。只要去选择，四面八方多少条路都会出现。去选择或者随波逐流，仅此而已。

"连自己都不相信，那还能怎样？"

在那个迷宫的深处，林太郎把这句话投给了对方。这是说给对方的话，同时也是对自己的叱咤。语言变成了力量，林太郎也再次决定要靠自己迈出脚步。

面对闭口不谈的林太郎，婶婶用温柔的语气继续说道：

"你没有在勉强自己吧？"

"勉强？"

"你不是因为不想和婶婶这样不认识的人一起住，所以临时产生了这样的想法吧？"

"没有这回事。"

"真的吗？"

"绝对没有这回事。"林太郎简短、坚定地回答。

婶婶再次抱着胳膊陷入了思考，终于大度地点了点头，告诉林太郎：

"那如果你接受我提出的三个条件的话，我会考虑。"

"三个条件？"

"没错。第一个是必须去上学。"

呃——林太郎在心中咕哝着。看来一直没去上学这件事，婶婶知道得一清二楚。

"第二点，一周要有三天给我打电话。这是为了确认你的安全。还有第三个……"

婶婶把粗粗的手臂叉在腰上，探出身来。

"遇到困难的时候不能逞强，一定要跟我商量。高中生一个人生活可不是一件简单的事情。"

面对这细致入微的关心，林太郎没能轻易地给出答复。

真的是一个很温柔的人啊——林太郎再次认识到。直率的话语的每一个细节，都有着对笨拙的侄子的体贴和考虑。

婶婶如果那时在夏木书店里的话，一定也能看见奇妙的橘猫和不可思议的书的走廊。

"不过一周打三次电话，可能有些困难。"

"这比起搬家当天，而且还是预约时间前的一个小时，打电话取消预约，不知道哪个更难？如果可以的话，我跟你换。"

不仅温柔而且聪明的婶婶。

林太郎没有反驳的余地。

"那就拜托您了——"林太郎低下头。他的耳朵里传来婶婶夹杂着苦笑的咕哝声：

"总觉得林太郎君，越来越像你爷爷了呢。"

不知为何，这句话听上去像是最高级别的表扬。

"遇见难的书，那便是机会吗？"

柚木一边注视着《百年孤独》，一边咕哝道。

"顺便一提的是，加西亚·马尔克斯是秋叶学长喜欢的作家之一。他大概把这里有的加西亚·马尔克斯的作品全部都读了。"

"被你这么一说，我更不想读了。"

"那好吧——"柚木一边把书装回包里，一边轻轻地瞪了一眼林太郎。

"可要是没趣的话，我会生气哦。"

"你这样可就不讲道理了。写书的是加西亚·马尔克斯，不是我。"

"但推荐书的人是夏木，不是加西亚·马尔克斯。"

不管是婶婶也好，柚木也好，自己的身边全是头脑聪明的女性啊——林太郎产生了奇怪的感想。

"啊，不好了。"柚木忽然站起来，晨练的时间马上就要开始了。她拿起放在桌上的低音单簧管的箱子，慌慌张张地跑向门口。"夏木你要好好来上学哦。"

"我会的。而且我已经答应婶婶了。"

目送着柚木离去，林太郎走到外面一看，今天的天空格外晴朗。早晨鲜艳的阳光下，刚好经过了一辆黄色的快递小哥的二轮车。

柚木轻巧地从店门前的石梯跳了下去，忽然想起了什么似的回过头。

"我说，下次要不要一起去吃个饭？"

柚木的一句轻快的话语，让林太郎眨巴了两次眼睛，看上去十分不安。

"和我吃饭？"

"是啊。"

"为什么？"

"这还不是因为过了这么久，夏木你都不主动约我吗？"

爽朗的声音，被高高地扔向了朝日之中。

林太郎更加动摇了，没有轻易地说出话来。而另一边，柚木无语的表情夹杂着苦笑。

"我不讨厌在书店里聊书的话题，偶尔不出来晒晒太阳的话对你也不好。你又想让天国的爷爷替你担心吗？"

"告诉爷爷我和女孩子一起去吃饭的话，他会更担心的。"

平时的林太郎，也许至少能做出这样轻松的回答，但这次却头脑一片空白，什么台词都没有。

"如果你不嫌弃我的话——"面对林太郎平庸又不机灵的回答，柚木清脆地说，"嫌弃我也会忍耐的。"这样一来林太郎更没有回应的话了。

柚木对着林太郎笑了，没有比这更有魅力的笑容了。柚木跑进小路，啪嗒啪嗒的脚步声，听着很愉快。林太郎忽然开口说道：

"柚木。"听到声音，还没走远的同班同学很不可思议地回过头。

"谢谢你。"

有些顾虑的声音，意想不到地、清晰地在安静的小巷里回响。

忽然的一记直球，柚木好像有些惊讶。

没有机智、没有仔细雕琢的语言，但林太郎把自己坦率的心情都包含在了里面。

对于这位为自己担心、跑来好多次帮助自己的友人，林太郎心里有好多话。应该抛出什么样的话语，烦恼的结果却是这样一句平凡的话。但这对此刻的林太郎而言，才是全力的一击。

柚木呆呆地站在那儿，林太郎再次说道：

"真的很谢谢你。很多事情多亏有柚木你在。"

"什么嘛，突然说这些。真恶心。"

"原来柚木也会脸红啊。"

"才没有！"

声音传得很远，柚木转过身，朝小巷里跑去。

春日的阳光是那么耀眼夺目，轻快的制服背影仿佛融化在了光芒之中。

好一会儿林太郎一动不动地目送着柚木，忽然耳边传来了低沉的声音：

"打起精神来，第二代。"

林太郎一惊，环顾四周，安静的小巷里没有人影。一瞬间，在对面的院墙上，似乎看到了橘猫从上面一跃而过的身影。但林太郎并不敢肯定。反应过来时，眼前是平淡无奇的熟悉的日常。

林太郎一动不动地在原地站了好一会儿，终于露出了微微的苦笑。

"努力试试吧，用我自己的方式。"

在心中给出清晰的回答后，林太郎抬头望向了万里无云的天空。

店里的扫除结束后，像平时那样泡了一壶阿萨姆红茶，读了一会儿书。一到时间，便关上门拿着书包去了学校。就算去了学校，也只是一些不起眼的日常小事。但无故旷课会惹得班长生气，所以林太郎努力着避免这样的事态。

问题堆积得像山一样高，还一个都没有解决。即便如此，自己选择的踏实的日常之路，要用自己的脚走下去。这就是林太郎现在的任务。

林太郎让外面的格子门开着，然后回到店里，驾轻就熟地拿出桌上的红茶茶具。用电水壶烧水，倒进祖父爱用的茶壶。在这期间，传来一阵热闹的笑声，那是附近的小学生们从外面的小路上跑过。

人的气息变多了，已经开始了新的一天。

令人惬意的香味腾腾而上，林太郎轻轻地翻开书。

一阵风舒畅地吹过，让门铃发出清脆的声音。

图书在版编目（CIP）数据

　　想要守护书的猫 /（日）夏川草介著；李诺译. —
长沙：湖南文艺出版社，2019.4
　　ISBN 978-7-5404-8855-0

　　Ⅰ. ①想… Ⅱ. ①夏… ②李… Ⅲ. ①长篇小说—日
本—现代 Ⅳ. ① I313.45

中国版本图书馆 CIP 数据核字（2018）第 217230 号

著作权合同登记号：图字18-2018-230

HON O MAMORO TO SURU NEKO NO HANASHI
by Sosuke NATSUKAWA
©2017 Sosuke NATSUKAWA
All rights reserved.
Original Japanese edition published by SHOGAKUKAN.
Chinese translation rights in China (excluding Hong Kong, Macao and Taiwan)
arranged with SHOGAKUKAN through Shanghai Viz Communication Inc.

上架建议：外国文学

XIANG YAO SHOUHU SHU DE MAO
想要守护书的猫

作　　者：[日]夏川草介
译　　者：李　诺
出 版 人：曾赛丰
责任编辑：薛　健　刘诗哲
监　　制：蔡明菲　邢越超
特约策划：闫　雪
特约编辑：尹　晶
版权支持：金　哲
营销支持：傅婷婷　文刀刀
封面插画：宫崎ひかり（Hikari MIYAZAKI）
装帧设计：梁秋晨
出版发行：湖南文艺出版社
　　　　　（长沙市雨花区东二环一段508号　邮编：410014）
网　　址：www.hnwy.net
印　　刷：北京嘉业印刷厂
经　　销：新华书店
开　　本：880mm×1270mm　1/32
字　　数：150千字
印　　张：8.5
版　　次：2019年4月第1版
印　　次：2019年4月第1次印刷
书　　号：ISBN 978-7-5404-8855-0
定　　价：45.00元

若有质量问题，请致电质量监督电话：010-59096394
团购电话：010-59320018